tredition®
www.tredition.de

AF397202

Monika Hoffmann

Rafaela McKensey

Neue Abenteuer

Verlag: tredition GmbH, Hamburg

ISBN
Paperback: 978-3-7323-3069-0
Hardcover: 978-3-7323-3070-6
e-Book: 978-3-7323-3071-3

Printed in Germany

Rafaela bekam einen neuen Auftrag. Nach der Ausbildung und dem Besuch bei Tante Elli war Ela aufgeregt. Sie überprüfte Mac und sah nach ihren Waffen. Dann fuhr sie langsam aus Washington heraus und Richtung New York. Es war noch früh und Nebelschwaden zogen über den Freeway.

„Marschall in Not!" kam es plötzlich über Funk. Sofort war Gonzo hellwach, griff zum Mikro, „was ist los?"

„Straßenschlacht in New York. Sieben Marschalls sind schon mittendrin. Einer scheint schwer verletzt zu sein, kann du helfen, Gonzo?"

„Klar, Charly. Wo genau?" fragte Gonzo

Charly gab Gonzo den genauen Standort durch. Gonzo schaltete einen Gang runter, „sobald ich eingetroffen bin, melde ich mich bei dir."

„Sind in fünfzehn Minuten am Einsatzort", sagte Mac und fuhr die Maschinen auf Touren, „schade dass ich nicht schneller bin."

„Wir kommen schon klar."

Während Mac per Autopilot zum Einsatzort schoss, machte Gonzo ihre Waffen klar. Sie packte in die Sporttasche Munition und zwei Gewehre. Mac meldete sich nach einiger Zeit, „wir wären jetzt da!"

„Scanne bitte die Gegend." Augenblicke später gab Mac Gonzo genaue Positionen der Personen.

„Kannst du Verletzte orten?" nervös zog Ela einige Dinge raus.

„Sind bisher Acht", antwortete Mac.

Gonzo sah auf den Monitor, „Leitung zur Zentrale bitte."

„Gonzo, was ist los?“ fragte Charly.

„Bisher acht Verletzte. Brauche dringend eine Leitung zum Einsatzleiter.“

„Wagen 27. Frequenz 58.3. Sonst noch was?“

„Nein, Charly. Ende.“

Gonzo sprach kurz mit dem Einsatzleiter und machte sich auf den Weg. Es dauerte einige Zeit bis sie auf einen ihrer Kollegen traf. Joey hatte sich hinter ein auf der Seite liegen Ford verschanzt.

„Hey Alter. Wo sind die Anderen?“

„Gonzo? Du hier?“ fragte Joey erstaunt. Sie gab ihm die Hand, „ja. Was ist hier los?“

Joey sah kurz auf die andere Seite, „Marty hat es drüben erwischt. Jetto kommt einfach nicht an ihn ran. Lange wird er es nicht mehr aushalten.“

Sie nahm ihr gutes Gewehr, „ist schon Jemand auf dem Dach da drüben?“

Joey sah Gonzo an, „nicht dass ich wüsste!“

Gonzo schlug ihm auf die Schulter und schlich los. Wenige Minuten später war Ela auf dem Dach und machte ihr Gewehr fertig. Dann sah sie durch das Zielfernrohr. „Mac?“

„Hört!“ antwortete der Computer.

„Ich kann von hier aus Alles ziemlich gut überblicken. Irgendwie müssen wir den Jungs Bescheid geben.“

„Ich werde die Männer über die Piper benachrichtigen“, meldete Mac.

„Ich werde ihnen den Rückenfrei halten. Jetto soll Marty rausholen.“

„Wird sofort gemacht", antwortete Mac.

Gonzo legte eine Schachtel mit großer Munition griffbereit, lud das Gewehr und suchte ein Ziel. Jetto hatte es bis auf zehn Meter geschafft an Marty ran zu kommen als plötzlich sein Piper brummte. „Was ist denn jetzt los?" fragte er und erst einige Sekunden später bemerkte er, dass es Morsezeichen waren.

„Marty, halte durch. Gonzo ist in der Nähe!" rief er.

Highway hatte es endlich geschafft zu Joey zukommen, „wie geht es dir?"

„Gut. Jetzt da Gonzo da ist."

„Gonzo? Die ist doch in Manhattan!"

„Nein, sie ist auf dem Dach", Joey zeigte auf ein mehrstöckiges Haus. Gonzo sah endlich die Jugendlichen, „ich fange jetzt an, Mac."

Mac gab Jetto eine Nachricht durch. Auf dem Dach dachte Gonzo, „der Strommast ist genau in der richtigen Position."

Sie zielte lange, schoss und die Leitung fiel auf einige Fahrzeuge. Die Gruppe musste erstmal in Deckung gehen. Jetto nutzte die Gelegenheit und rannte zu Marty. „Habt euch verdammt viel Zeit gelassen", maulte Marty.

„Wir habe noch einen Kaffee getrunken", scherzte Jetto, „Spaß beiseite. Kannst du dich bewegen?"

„Mein linkes Bein hat es erwischt."

„Das ist schlecht, aber wir müssen darüber", Jetto zeigte zu einem Rettungswagen, „schaffst du es?"

„Versuchen wir es einfach. Hier liegen bleiben will ich auch nicht", brummte Marty.

Gonzo hatte es beobachtete und bemerkte dass sich einige Jugendliche anschlichen.

„Ihr lernt es nie", sagte Gonzo zu sich und zielte. Nach dem Schuss stürzte ein Junge und die Anderen zogen ihren Kumpel zurück.

„So Jungs. Noch ein Versuch?" grinste Ela und sah durch das Zielfernrohr.

Jetto schaffte es inzwischen Marty in Sicherheit und zu einem Sanitäter zubringen. Marty wurde sofort ärztlich versorgt.

Plötzlich meldete sich Mac bei Ela, „Vorsicht, hinter dir!" Gonzo griff langsam zu ihrem Messer.

„Mach jetzt keinen Scheiß", sagte eine Stimme.

Gonzo fing an zu grinsen, „ich mache nur meine Arbeit!"

„Rafaela McKensey?" fragte der Beamte erstaunt.

Jetzt drehte sich Gonzo um, „hallo Drago!"

Plötzlich krachten Schüsse. Beide gingen in Deckung. Drago robbte zu Gonzo, „seit wann bist du denn hier?"

„Nur kurz. Bin um Hilfe gebeten worden und helfe meinen Kollegen", sie lud ihr Gewehr, „und du?"

„Die Geschichte fing damit an, dass ich und mein Partner einige Jugendliche kontrollierten."

„Drogen?" fragte Ela leise.

„Nein, wir suchen einen Vergewaltiger!"

Gonzo nahm das Gewehr hoch und sah durch das Zielfernrohr, „Serientäter?"

Verwundert sah Drago zu Gonzo, „ja."

Sie schoss und ein weiter Junge fiel um.

„Kannst du bitte dafür sorgen dass Rettungswagen anrollen“, sagte Gonzo ernst.

„Es sind genug da, warum?“ fragte Drago.

„Ich habe bisher drei Jugendlichen ins Bein geschossen. Sie müssen dringend.“ Plötzlich versteinerte Gonzo Gesicht.

„Was ist los?“ fragte Drago.

„Ich muss darunter, da ist ein Schulbus mit Kindern“, sie legte das Gewehr ab und rannte los.

Drago sah ihr nach und sah dann auf die Straße. Wenige Minuten später sah Drago wie Gonzo bei einem brennenden Fahrzeug ankam und dann sofort zu dem Bus hechtete. Er nahm das Gewehr und sah jetzt durch das Zielfernrohr.

„Mac!“ sagte Gonzo atemlos, „ich habe den Plan geändert. Es sind mehrere Kinder in einem Bus eingeschlossen. Ich versuche die Kinder aus der Schusslinie zubekommen.“

„OK. Ich mache sofort Meldung.“

Einstein rannte nachdem er die Meldung hörte, sofort zu Highway und Joey. Highway sah in die Richtung wo der Bus stand, „Kinder? Keiner hat es mitbekommen?“

„Gonzo hat sie gerade erst entdeckt. Sie will die Kinder daraus holen“, antwortete Einstein atemlos.

„Wir sollten ihr dabei helfen!“ meinte Joey.

Inzwischen war Gonzo am Bus angekommen und öffnete langsam die Tür. Die Kinder waren in Panik und weinten. Gonzo sah keinen Fahrer. „Hallo! Ich bin Gonzo und hole euch raus. Ich kann aber nur immer drei von euch mitnehmen.“

„Lasse uns bitte nicht allein“, flehte ein kleiner Junge weinend.

„Ich bin doch sofort wieder bei Euch.“

Sie schnappte sich die ersten Drei und erklärte was sie nun machen sollte. Geduckt und immer Deckung suchend schlichen die kleine Gruppe los. Joey entdeckte Gonzo als Erster, „da kommt Gonzo."

Highway, Joey und Einstein warteten an einer Hausecke auf Gonzo und die Kinder. Als Gonzo endlich ankam nahmen die Männer die Kinder entgegen.

„Wie viele Kinder sind es?" fragte Highway.

„Ich glaube Dreißig, hab sie nicht gezählt." Schon war Gonzo wieder auf dem Weg. Wenige Minuten war sie wieder am Bus und sah rein. „So die Nächsten bitte", in diesem Augenblick erschreckte Gonzo. Auf dem Gang lag ein kleiner Junge und Blut lief aus einer Bauchverletzung. Sofort überprüfte sie den Jungen, dabei sagte sie panisch, „Mac? Ich brauche sofort einen Sani. Ein Junge ist schwerverletzt."

„Ich versuche es." Über die Außensprechanlage rief Mac, „hört auf zuschießen, ein Kind ist verletzt." Doch es wurde weiter geschossen. Gonzo überlegte nicht lange, nahm den Jungen auf den Arm und sah die anderen Kinder an, „bleibt bitte unten, ich bin sofort wieder da."

 Rückwärts stieg sie aus dem Bus, drehte sich um und sah in einen Revolverlauf. „Steck das Ding weg", drohte Gonzo.

Der Mann lachte und zielte, „es fällt nicht auf, wenn ich dich erschieße. Ich wollte immer mal sehen wie es ist."

„Mach keinen Scheiß. Du wirst in großen Schwierigkeiten geraten." Gonzo lief der Schweiß. Der Mann wollte abdrücken. Plötzlich sackte er zusammen. Gonzo sah sich den Mann an und erkannte ein Einschussloch. „Danke. Wer immer das war", sagte Gonzo laut.

Sie nahm alle ihren Mut zusammen und ging aufrecht, mit dem Jungen auf dem Arm, auf eine offene Stelle zu. In dieser Sekunde war es plötzlich totenstill. Langsam ging Ela weiter. Die Marschalls und die Sheriffs kamen aus der Deckung und senkten die Waffen. Auch auf der anderen Seite waren die Jugendlichen aufgestanden. Ein Sanitäter kam angelaufen und nahm den Jungen, er atmete kaum noch. Gonzo sah zuerst mit Tränen in den Augen, zu ihren Kollegen und dann zu den Jugendlichen, rief dann, „habt ihr dass wirklich gewollt. Kinder haben euch doch überhaupt nichts getan."

Inzwischen waren alle Kinder aus dem Bus zu Gonzo gerannt und stellten sich um Gonzo. Sie nahm ein kleines Mädchen auf den Arm, „was ist? Knallt uns doch ab!"

Highway stand etwas abseits, „dreht die junge Dame jetzt endgültig durch?"

Jetto tippte Ihm auf die Schulter, „glaub ich kaum. Sieh mal da rüber."

Alle sahen in Gonzos Richtung. Alle Jugendliche legten ihre Waffen auf eine Ladefläche und gingen zu Gonzo.

Einer sah Gonzo traurig an, „nein. Wir wollten wirklich Niemanden verletzen." Drei Jugendliche wurden von den Kumpels gestützt.

Gonzo sah die Jungs an, „wie geht es euch?"

„Es tut nur höllisch weh, aber wir haben es wohl nicht anders verdient."

Gonzo suchte einen Blickkontakt zu Highway und er verstand. Mit mehreren Kollegen lief Highway zu Gonzo. Mit den Kindern stand Gonzo zwischen den Linien, „bringt vorsichtshalber die Bande in die Zentrale. Nicht dass hier noch einer die Nerven verliert und ein Krieg ausbricht. Ich kümmere mich um die Kids."

Einstein stand hinter den Jugendlichen, „wird sofort erledigt."

Einstein informierte die Jugendlichen auf ihre Rechte und forderte Alle auf ihm zu folgen. Gonzo ging sofort zum Rettungswagen, „wie geht es dem Jungen?"

Der Sanitäter sah ernst an, „nicht sehr gut. Wir bringen den Kleinen sofort in die nächstgelegenen Klinik."

Gonzo nickte und sah zu den anderen Kindern. Joey, Jetto, Einstein und Highway waren inzwischen auch zum Rettungswagen gekommen. „Was machen wir jetzt?" fragte Joey.

Gonzo kniete sich zu den Kids, „so Leute. Jetzt seid ihr dran. Wohin sollen wir euch bringen?"

 Kim sah Gonzo weinend an, „ich will nur noch nach Hause. Ich glaube die anderen Kinder auch."

 „Dann werden ich und meine Kollegen euch dorthin bringen", lächelte Gonzo das Mädchen an.

Sie sah kurz zu den Polizisten und ging dann mit den Kindern zu ihren Kollegen. Sofort waren die Marschalls bereit die Kinder nach Hause zu bringen. Einstein nahm acht Kinder, Jetto hatte nur Platz für Drei und Highway ließ Sieben bei sich einsteigen. Joey quetschte sechs Kinder in seinen Truck. Gonzo schob die restlichen Sechs bei Mac rein. „Warte bitte mal", rief Drago. Gonzo blieb an der Fahrertür stehen. Er gab Gonzo ihr Gewehr, „du wirst es noch brauchen."

„Danke. Sehen wir uns noch?" fragte Gonzo.

„Vielleicht", lächelte Drago, „gute Fahrt." Sie reichten sich die Hand. Gonzo stieg in den Truck und folgte den Kollegen. Nachdem alle Kinder zu Hause waren, trafen sich die US-Marschalls in der Zentrale. Einstein, Tim und James übernahm die Befragung der Jugendlichen. Die Anderen nahmen die angefangenen Aufträge wieder auf. Gonzo wurde zu FBI beordert und machte sich sofort auf den Weg. Der Tote wurde in die Gerichtsmedizin gebracht und dort untersucht. Den Abschluss Bericht bekam der General auf den Tisch. Nachdem Gonzo beim FBI war, machte sich wieder auf den Weg. Vier Tage später wurde Gonzo zurück beordert. James wunderte sich als Gonzo auf den Hof fuhr. „Hast du den Fall schon gelöst?" fragte James, als er mit Gonzo zusammen traf.

Gonzo schüttelte den Kopf, „nein. Der General hat mich zurück gepfiffen. Ich weiß auch nicht warum!"

Maggy kam auf den Hof, „gut dass du da bist."

Gonzo reichte ihr die Hand, „was ist eigentlich los?"

Maggy sah zuerst James dann Gonzo an, „ihr wisst es wirklich nicht?"

„Was denn?" fragte James. Maggy sah Gonzo ernst an, „du bist doch angeklagt worden, weil doch ein Mann erschossen worden ist!"

Gonzo musste sich setzten, „ich habe was?"

Laren legte seine Hand auf ihre Schultern, „beruhige dich. Ich kümmere mich sofort darum. Es kann sich nur um eine Verwechslung handeln." James rannte los.

Maggy sah Gonzo an, „es ist bestimmt so wie es der Boss sagt."

Gonzo folgte Maggy langsam zu dem Anhörungsraum. James hingegen suchte und fand eine Antwort. Sofort telefonierte er. Es saßen sieben Männer in diesem Raum. Auch der General saß an einem Tisch. Gonzo musste sich auf den Stuhl mitten im Raum setzten. Der Richter öffnete eine Akte und sah dann Gonzo an, „Miss McKensey. Wo ist ihr Gewehr?"

„Ich habe es unten abgegeben. Aber warum sitze ich überhaupt hier?"

„Mit ihrem Gewehr ist ein Mensch getötet worden."

Der Staatanwalt gab Gonzo eine Akte, „lesen sie."

Gonzo blätterte diese Akte durch, sah dann den General böse an, „ich habe zu Zeitpunkt einigen Kindern geholfen. Es war ein siebenjähriger Junge angeschossen."

Der Richter sah Gonzo an, „es hat sie Niemand gesehen?"

„Doch. Meine Kollegen Highway und Einstein haben mir doch einige Kinder abgenommen."

Der Richter blätterte in mehreren Akten und sah dann zum Staatsanwalt, „wo sind die Berichte dieser Herren?"

Auch der Staatsanwalt sah seine Unterlagen durch, „ich habe sie nicht."

Der Richter kniff die Augen zusammen, „Miss McKensey, schildern sie mir bitte den Einsatz!"

Gonzo zitterte am ganzen Körper aber sie riss sich zusammen und begann die Schilderung. Nach über zwei Stunden, „dann war da plötzlich ein großer Mann und zielte mit einem Revolver auf mich. Da ich den verletzten Jungen auf dem Arm hatte, konnte ich meine Waffe nicht nehmen. Plötzlich fiel der Mann um."

„Haben Sie eine Verletzung gesehen?" fragte der Staatanwalt.

Gonzo überlegte einen Moment, „ich glaube nicht richtig. Aber der Junge blutete sehr stark und ihn wollte ich zuerst zu einem Sanitäter bringen. Deshalb habe ich mich nicht weiter um den Mann gekümmert."

Der General war ziemlich wütend, „sie haben gegen mehrere Anordnungen verstoßen."

„Aber, Sir?" Ela sah den General panisch an.

Plötzlich flog die Tür auf und Drago stand im Raum. „Entschuldigung. Aber ich kann nicht zulassen, dass diese junge Dame für etwas beschuldigt wird", er atmete durch, „was sie nicht begangen hat."

Der Richter sah den Mann an, „wer sind sie?"

„Sheriff Lindermann!"

Der Staatsanwalt sah den Richter an und fragte dann, „waren sie auch am Einsatzort?"

„Ja, Sir", nickte Drago und sah zu Rafaela.

„Und warum wissen wir das nicht?" der Richter sah den General an.

„Ich habe ihnen alle Akten zukommen lassen", brummte der General.

„Also gut, Sheriff. Dann erzählen sie bitte."

Drago stellte sich hinter Gonzo und legte unbemerkt eine Hand auf ihren Rücken, „ich hatte bemerkt, dass plötzlich Jemand auf dem Dach war und bin hin. Dort traf ich auf Gonzo, wie sie ihren Kollegen Deckung gab. Es dauert nicht lange und Gonzo hatte die Kinder entdeckt und ist sofort zu diesen Kindern. Dabei hat sie ihre Waffe auf dem Dach liegen lassen. Ich habe dann mit dieser Waffe einen Mann außer Gefecht gesetzt, der Gonzo bedrohte."

Plötzlich sagte der Staatanwalt, „ich bitte um eine kurze Pause."

Der Richter sah Jeden einzeln an, „wir brauchen Alle eine Pause. Dreißig Minuten."

Der Richter und sechs Andere verließen den Raum, der Staatsanwalt telefoniert. Der General ging in einen Nebenraum.

„Wieso bist du eigentlich hier?" fragte Gonzo.

Drago sah ihr in die Augen, „dein Boss hat mich in der Wache angerufen und mich über diese Anhörung aufgeklärt. Ich konnte nicht anderes und musste sofort hierher."

„Du hast dich aber sehr verändert!"

Drago setzte sich, „du hast mir eine zweite Chance gegeben und ich habe auch eine Zweite bei der Wache bekommen."

Gonzo sah den Staatsanwalt an, „und du hast?"

„Ich hoffe dein Gewehr ist in Ordnung!"

Plötzlich stand der Staatsanwalt den Beiden gegenüber, „ich kann nur hoffen dass sie, Sheriff Lindermann, die Wahrheit sagen und dass nicht nur um Miss McKensey zu helfen!"

Drago sah den Staatsanwalt sehr ernst an und wollte gerade eine Antwort geben, als die Tür aufging und James in den Raum kam. Der Staatsanwalt fing an zulächeln, „gut dass du da bist, James."

„Hier sind die fehlenden Unterlagen, die du brauchst. Habe lange suchen müssen."

„Der General?" fragte der Peter.

„Ja. Die Berichte waren in seinem privat Safe."

Peter Mainstreet las sofort die Berichte von Highway, Jetto und vom Sheriff. Nach wenigen Minuten sah er Gonzo an, „unter diesen Umständen werde ich diese Akte schließen."

Der Richter und die Anderen kamen zurück. Der General war der Letzte. „Können wir weitermachen?" fragte der Richter ernst.

„Ja, Sir!" nickte der Staatsanwalt.

Alle setzten sich wieder. Der Richter sah Gonzo an, „sie sind eine sehr gute Polizistin und Scharfschützin. Wie viel Meter?"

„Eigener Rekord, siebenhundert Meter", sagte Gonzo nicht ohne Stolz. Der Richter lächelte zu ersten Mal und sah den Staatsanwalt an, „was haben sie?"

Mainstreet legte dem Richter die fehlenden Berichte von der Einheit vor. Der Richter blätterte diese Berichte durch, „sonst noch was?"

„Wenn es nötig ist, ich habe noch einige Augenzeugen auf dem Flur", sagte Mainstreet ernst.

„Es ist nicht nötig", er schlug die Akte zu und sah dann Gonzo an, „ich habe mir die Sache durch den Kopf gehen lassen. Sie können wieder an ihre Arbeit gehen."

Gonzo lächelte erleichtert.

„Aber eine Sache wäre da noch."

Gonzo sah den Richter an, „und welche?"

„Beim nächsten Mal lassen sie ihr Gewehr nicht einfach irgendwo rumliegen. Versprochen?"

Gonzo nickte erleichtert, „sehr gerne. Es wird nicht wieder vorkommen."

Der Richter schloss die Anhörung und der General verließ wutentbrannt den Raum. Gonzo hackte sich bei Drago ein, „ich lasse dich jetzt nicht einfach gehen. Einen Kaffee?"

„Ich bin zwar im Dienst, aber warum eigentlich nicht." Er öffnete die Tür. Gonzo ging an ihm vorbei in den Flur und blieb erstaunt stehen, „was macht ihr denn hier?"

Jetto gab Gonzo einen Kuss auf die Wange, „Laren hat uns hierher bestellt."

Plötzlich standen der Staatsanwalt und James Laren auf dem Flur. „Sie haben sehr gute Kollegen", sagte Mainstreet lächelnd.

James grinste, „und ich konnte doch meinen besten Marschall aus der Einheit nicht im Stich lassen", er sah Gonzo lächelnd an, „du hast nur deine Arbeit wie immer erledigt."

Gonzo sah sich Jeden einzeln an, „danke Jungs. Es tut gut Freunde zu haben."

Der Staatsanwalt gab Jedem einen Umschlag, „in drei Tagen sehen wir uns wieder."

Gonzo sah auf den Brief, „eine Vorladung?"

„Wegen der Schießerei", sagte Einstein und reichte Gonzo die Hand, „bis in drei Tagen."

Alle verließen das Gebäude. Gonzo sah Drago an, „jetzt einen Kaffee?"

Drago nickte und folgte Gonzo in die Kantine. In der Kantine suchte Drago einen freien Tisch und Gonzo holte zwei große Becher Kaffee. Sie sah sich kurz um und ging dann zu Drago. Stellte den Kaffee ab, drehte den Stuhl und hockte sich hin, „danke noch mal. Ich wusste nicht, dass du den Kerl."

„Ich bin jetzt ganz ehrlich. Ich habe zuerst gezögert und traute mich nicht mit deiner Waffe. Aber als der Kerl den Revolver hob, drückte ich einfach ab."

„Es ist jetzt auch egal", Gonzo trank einen Schluck, „wie geht es dir? Eine Partnerin gefunden?"

„Mir geht es sehr gut. Die Arbeit macht mir immer mehr Spaß. Meine Kollegen und ich halten zusammen", er fing an zu grinsen, „und ich wäre noch frei."

„Vergiss es", antwortete Gonzo lächelnd, „es gibt schon Jemanden!"

Beide unterhielten sich lange über die letzten Monate. „Jetzt muss ich aber wirklich wieder los", meinte Drago, „wir bleiben in Verbindung?"

„Na klar doch", lächelte Rafaela.

Beide gingen gemeinsam zum Haupttor. Gonzo sah Drago noch einige Zeit nach ging dann zur Werkstatt. Sie hörte Charly wieder einmal fluchen und stellte sich an die Tür. Sie sah, wie Charly verzweifelt versuchte den Trailer von Mac zu öffnen. Charly maulte, „Mistding, ich werde dich schon aufkriegen!"

Gonzo grinste und ging langsam zu Charly, „Mac, hör auf."

Charly sah Gonzo verwundert an und in diesem Moment öffnete sich der Trailer.

„Ich hätte es wissen müssen", sagte Charly und nahm Gonzo in den Arm, „ich freue mich, dass alles gut gegangen ist."

„Spricht sich schnell rum."

Charly lächelte, „bei den paar Leuten. Hilfst du mir bei den neuen Bauteilen?"

Gonzo nickte lachend, „gerne."

Charly und Gonzo schufteten den ganzen Nachmittag. Gonzo saß auf der Laderampe und machte eine kleine Pause, Charly putzte sich die Hände ab als Peter Mainstreet und James Laren die Werkstatt betraten.

„Da sind die Beiden", sagte James laut.

„Wir haben zu arbeiten! Ist es wichtig?" meckerte Charly grinsend. James lachte, „nur für Marschall McKensey", er sah Gonzo ernst an, „es ist wichtig und bitte unter sechs Augen."

Gonzo sprang von der Ladeklappe und gab Charly den Schraubenschlüssel.

„Mein Büro ist zwar nicht aufgeräumt", meinte Charly gespielt böse. „Macht nichts", winkte Gonzo ab.

James ging voran. Nachdem die Drei das Büro betreten hatten, fing Peter sofort anzureden, „junge Frau. Sie haben in der Einheit nicht nur Freunde!"

Ela verdrehte die Augen, „das weiß ich.“

„Auch der General arbeitet gegen sie“, meinte der Staatsanwalt, „wenn der Sheriff nicht gekommen wäre.“

Laren nahm Gonzos Hand, „du hättest deinen Job verloren. Selbst ich hätte nichts mehr tun können.“

„Die Wahrheit kann Niemand unter den Tisch kehren, selbst der General nicht“, sagte Gonzo ernst und setzte sich auf die Kante des Schreibtisches.

„Rafaela bitte“, sagte James sehr ernst, „dass darfst du nicht auf die leichte Schulter nehmen. Erst das Problem mit Rocco.“

„Sir“, Gonzo atmete durch, „dass hat sich erledigt. Er ist nur noch ein Kollege und außerdem hat er schwer krank.“

„Mag sein, aber jetzt diese Sache“, James sah Gonzo ernst an.

Sie zuckte mit den Schultert, „ja und? Ich würde wieder so handeln.“

James schüttelt den Kopf, „willst du es nicht verstehen?“

Gonzo sah die beiden Männer an, „soll ich meinen geliebten Job an den Nagel hängen?“

„Nein, dass sollen sie nicht“, sagte Peter ernst, „es muss nur etwas passieren. Ich habe das Gefühl, dass der General etwas vorhat.“

„Ich würde dir gerne einen Partner zur Seite stellen“, sagte James nachdenklich.

Gonzo wurde jetzt ungehalten, „nein, Boss! Ich arbeite weiterhin allein.“

James sah Peter an und zuckte mit den Schultern, „es ist deine Entscheidung.“

Gonzo wollte zurück zu Charly, „ich gehe dann wieder.“

„Da wäre noch etwas, Miss McKensey", sagte Peter Mainstreet
plötzlich, „es geht um die Jugendgang."

 Gonzo sah den Staatsanwalt an, „worum geht es?"

„Ich habe gehört, dass sie ein Jugendheim unterstützen."

„Ja. Die Kids auf meiner Straße brauchen einen Platz, außerdem
unterstütze ich auch noch eine Behindertenschule."

„Die Stadt hilft?" fragte Peter und sah Ela in die Augen.

„Richtig", Gonzo schien genervt, „aber was wollen sie denn?"

„Wissen sie was, ich werde es ihnen nach der Verhandlung sagen",
er gab Gonzo die Hand, „wir sehen uns dann später." Er verließ
das Büro und James folgte ihm.

Charly sah ins Büro, „hast du Zeit für ein Testlauf?"

„Aber immer", lächelte Gonzo und folgte Charly in die Werkstatt.
Charly und Gonzo überprüften die gesamte Elektronik. Gonzo fuhr
auch eine kurze Runde und Charly sah dabei die Anzeigen der Mo-
nitore genau an. Dann machten die Beiden Feierabend. Zwei Tage
später trafen sich die US-Marschalls im Gerichtsgebäude. Gonzo
gesellte sich zu Highway. „Es wird ein sehr langer Tag", meinte
Highway.

„Dann könnten wir Beide doch über ein gewisses Thema reden,
oder?" grinste Gonzo und sah aus dem Augenwinkel Jetto kommen. Er begrüßte seine Kameraden, gab Gonzo einen Kuss und
meinte, „bin mal gespannt was dieser Tag bringt."

„Bin jetzt schon genervt", lächelte Gonzo, „aber mit euch als Pau-
senclowns wird es vielleicht doch nicht ganz so langweilig."
Gonzo fing sich zwei Kopfnüsse ein.

Nach wenigen Minuten waren auch die anderen Kollegen gekommen. Einstein besorgte Getränke für Alle. Irgendwie scherzten alle
etwas rum. Nach und nach wurden die Marschalls aufgerufen.

Nach drei Stunden waren nur noch James Laren, Charly, Highway, Jetto und Gonzo auf dem Flur. Dann gab es eine Verhandlungspause. Highway und Jetto besorgten neue Getränke. Nachdem die Verhandlung wieder aufgenommen worden war, wurden nacheinander alle Männer aufgerufen. Highway als letzter.

Der Richter sah Highway ernst an, „ihre Einheit soll sehr gut sein!"

Highway sah den Richter an, „wir machen nur unsere Arbeit so gut wie wir können."

Der Richter kniff die Augen zusammen, „dieser Einsatz ist etwas aus dem Ruder gelaufen. Nicht wahr?"

„Nein", meinte Highway.

„Dann schildern Sie uns aus ihrer Sicht das Ganze."

„Wir wurden losgeschickt ohne zu wissen was genau passiert ist", Highway atmete durch und schilderte seine Version.

Der Staatsanwalt sah den Richter an, „die Jungs wurden unter Beschuss genommen. Wie ging es aus?"

Highway atmete tief ein, „die Jugendlichen haben sich zuletzt doch ergeben."

„Danke Sir", sagte der Staatsanwalt und schrieb etwas in seine Akte. Der Richter ließ Gonzo kommen. Als sie den Saal betrat war es totenstill. Plötzlich standen alle fünfzehn Jugendlichen auf. Der Richter sah Gonzo erstaunt an und bat sie sich zu setzten. Die Gruppe setzte sich auch wieder. Mit dem Kopf schüttelnd fragte er Gonzo, „Miss McKensey, wie war ihr Einsatz?"

„Ich habe von der Zentrale einen Notruf bekommen. Da ich auf dem Weg zu einem Einsatz war habe ich sofort abgedreht und bin sofort meinen Kollegen zur Unterstützung geeilt."

„Sie sind doch einen Scharfschützin?" fragte der Richter.

„Richtig, Sir!" nickte Rafaela.

Der Staatsanwalt lächelte, „und sie hätten im Notfall auch."

„Nein Sir", Ela sah streng zum Staatsanwalt, „ich soll Leben schützen nicht vernichten."

Der Richter erstaunt, „aber sie haben drei Jugendlichen angeschossen?"

Sie sah jetzt den Richter an, „stimmt! Ich nenne es, außer Gefecht setzten."

Unendliche Fragen später fragte der Richter, „dann haben sie die Jugendlichen festgenommen?"

„Nein Sir. Die Jugendlichen haben sich selbst gestellt. Meine Kollegen haben sie dann mit zu Zentrale genommen."

Der Staatsanwalt sah zuerst die Jugendlichen an dann Gonzo, „der Junge ist nicht von den Jugendlichen angeschossen worden." Er schlug eine der vielen Akten zu, „laut Bericht der Kriminaltechniker war es ein Querschläger."

„Sir", Gonzo schien sauer, „es war mir egal. Der Junge musste schnellstens zu einem Arzt. Ich war nur sehr wütend, dass es ein Kind war."

„Wie geht es dem Jungen?" fragte Timmy plötzlich.

„Er ist wieder aus der Klinik, der Junge hatte viel Glück", meinte James Laren.

Plötzlich flog die Tür auf und ein kleiner Junge lief auf Gonzo zu. Er fiel Gonzo um den Hals. „Danke", sagte der Junge und drückte Gonzo einen dicken Kuss auf die Wange.

Eine Frau war dem Jungen gefolgt, „ich bitte vielmals um Entschuldigung. Ich konnte ihn nicht zurück halten, als er erfuhr, dass diese Frau hier ist."

Zum ersten Mal lächelte der Richter, „ist schon gut. Ich kann es verstehen."

Dann sah er Gonzo an, „und an ihnen haben ich keine Fragen mehr. Bringen sie den Jungen bitte nach draußen."

„Ja Sir", Gonzo nahm den Jungen auf den Arm und verließ den Saal. Auf dem Flur setzte sie den Jungen ab. Er sah Gonzo mit großen Augen an, „ich bin."

„Lass gut sein. Ich habe es gern getan."

„Mum", rief der Junge, „hast du das Päckchen?" Sie gab es ihm. Der Kleine sah Gonzo mit großen Augen an, „das ist für dich, als Dankeschön."

Gonzo öffnete die Schachtel und sah einen kleinen Traumfänger. „Selber gemacht?" fragte Gonzo.

Der Junge wurde verlegen, „Mum hat geholfen."

„Ist doch gut so", Gonzo drückte den Jungen.

Charly kam auf den Flur, „der Richter möchte dich in seinem Büro sprechen. Sofort!"

„OK!" sagte Gonzo und verabschiedete sich von dem Jungen. Charly brachte sie zu Büro. „Bin gespannt was er von dir will!"

„Keine Ahnung", Gonzo zuckte mit den Schultern. Sie klopfte an die Tür und trat ein. „Sie wollten mich sprechen?"

Der Richter schloss die Tür, „richtig. Ich gelte zwar als harter Hund, aber in dieser Sache habe ich etwas vor."

Nur kurz war Gonzo beim Richter. Charly wartete auf Gonzo, „und was wollte er?"

Ela meinte leise, „er hatte nur noch einige persönliche Fragen an mich."

Beide gingen langsam zurück. Die Verhandlung wurde nach einer Stunde fortgeführt. Alle im Saal standen auf als der Richter zurückkam.

Der Richter sah sich im Saal um, dann zu den Jugendlichen und verkündete das Urteil, „Im Namen des Volkes, wird jeder Einzelne zu zweihundert Stunden Sozialarbeit verurteilt. Sie werden diese Stunden in einem Jugendheim ableisten. Sollten diese Stunden nicht geleistet werden, werden für jeden Einzelnen sofort fünf Jahre Haft folgen. Gegen dieses Urteil haben sie eine Woche Zeit Berufung einzulegen.“

Der Richter drehte sich zur Seite und sah die Jugendlichen fragend an. „Wir nehmen dieses Urteil an“, sagte Timmy und seine Freunde nickten auch.

Der Richter nickte und schloss die Verhandlung. Gonzo wollte gerade den Saal verlassen, als Timmy sich ihr in den Weg stellte, „ich wollte mich noch erkundigen, ob es deinem Kollegen wieder besser geht!“

„Du hast ihn doch gesehen. Er läuft auf Krücken, aber er ist bald wieder auf dem Damm.“

„Wir wollten die ganze Geschichte nicht. Nur die Bullen.“

Gonzo hob ein Augenbraun, „so etwas höre ich nicht gern.“

Tommy sah zu Boden, „Entschuldigung. Aber wir lassen uns nicht gerne bedrohen und das mit den Waffen.“

„Vergessen wir die Sache“, Gonzo gab Timmy die Hand, „wir sehen uns! Das Jugendheim hat sehr viel Baustellen.“

Jeder der Jugendlichen gab Gonzo die Hand. Ela lächelte und atmete dann durch. Langsam verließ Rafaela das Gerichtsgebäude und fuhr zur Zentrale. Dort wartete auf dem Hof schon Highway, „kommst du mit zum Essen?“

„Nee“, schüttelte Gonzo den Kopf, „der Boss will mich sofort sprechen. Vielleicht komme ich noch nach.“ Ela ging langsam ins Gebäude und zum Büro vom General. Nach einem kurzen Gespräch ging sie in den nächsten Gang. Sofort machte sich Gonzo auf den Weg zum Büro von James Laren. Maggy sah auf und lächelte. Sie informierte James, das Gonzo angekommen ist und er öffnete die Bürotür. James Laren bat Gonzo ins Büro. Als sie das Büro betrat sah James Gonzo ernst an, „ich möchte etwas über dich erfahren."

Ela nickte, „OK. Gehen wir in die Kantine, ich habe etwas Hunger."

Beide gingen langsam zur Kantine und holten sich etwas zu Essen. James sah einen leeren Tisch in der Ecke und Beide setzten sich hin. James fragte sehr viel und erfuhr, womit Gonzo sich in der letzten Zeit immer wieder beschäftigt hatte. Gonzo war nach drei Stunden gutgelaunt wieder auf Achse. Der General hingegen bekam einen Anruf, ging danach sofort in den Funkraum und forderte Georg auf Gonzo zurück zu holen. James war inzwischen auch dort und fragte verständnislos, „was soll das denn jetzt? Sie ist doch gerade erst losgefahren."

„Das geht ihnen nichts an", sagte der General böse, „ich will sie hier haben. Verstanden!"

Er drehte sich um und verließ wütend den Funkraum. Als der General auf dem Flur war, fing er anzulachen.

„Ruf Gonzo zurück, Georg. Ich frage im Hauptbüro nach, was los ist."

„Gut Sir. Ich informiere Gonzo."

James lief in sein Büro und rief den obersten Chef an. Nachdem Anruf fuhr James Laren sofort ins Hauptbüro. Stefan Martinez gab James Laren die Hand, „ich habe schlechte Nachrichten. Kommen sie mit."

Beide Männer gingen in ein Büro. Nachdem sich Beide gesetzt hatten, informierte Stefan James, „wir haben sofort alles in die Wege geleitet. Der General wird von Jemand geschmiert. Noch wissen wir nicht wer dieser Jemand ist."

„Aber warum Gonzo?" fragte James in Sorge.

Stefan sah James besorgt an, „es geht wohl um den allerersten Einsatz."

„Wo unser Jetto wieder aufgetaucht ist?"

„Richtig", nickte Stefan.

James meinte nachdenklich, „es gibt aber nur einen Mann, der auf Gonzo schlecht zu sprechen ist."

Plötzlich stand Bernd im Büro, „Decker ist wirklich unser Mann."

„Das habe ich mir doch gedacht. Ist Gonzo, wie immer, auf Kanal drei zu erreichen?" fragte Stefan.

„Normalerweise ja", antwortete James.

Stefan verließ eiligst das Büro. Unterdessen bekam Gonzo vom General eine Nachricht. Sie soll sofort einen Pastor Browning aufsuchen. Er will mit ihr dringend reden. Gonzo brummte, „Mac! Auf nach Washington."

Mac legte sofort die schnellste Route auf das Navigationssystem. Am späten Nachmittag war sie an der Kirche. „Scanne die Gegend bitte."

„Hast du wieder so ein komisches Gefühl?"

„Ja, Mac", meinte Gonzo angespannt.

Wenige Minuten später, „acht Personen im Gebäude. Sonst nichts."

„Danke Mac", Gonzo stieg aus. Kurz überlegte Ela ob sie die Waffen zurück lassen sollte. Sie entschied sich, die Waffen mitzunehmen. Langsam ging Gonzo auf die Kirche zu und plötzlich dachte sie, „es ist eine Falle." Sie öffnete die schwere Eichentür und ging vorsichtig in die Kirche. Gonzo sah sich um, „nicht ungewöhnliches."

„Sind sie Gonzo?“ fragte plötzlich ein junger Mann.

Gonzo drehte sich erschrocken um, „ja?“

„Folgen sie mir bitte in die Sakristei.“

Angespannt folgte Gonzo dem Mann. Nachdem sie einen Raum betreten hatte setzte sich der Mann, „ich habe ein kleines Problem.“

„Ich habe nicht die Zeit mich mit ihren Problemen zu beschäftigen. Also was wollen sie?“

„Die Kirche bietet auch verlorenen Seelen Hilfe.“

Gonzo sah genervt zu dem Mann, „was ist denn? Irgendwas wollen sie doch von mir!“

„Er will gar nichts von dir!“ sagte plötzlich eine Stimme aus dem Hintergrund.

Erschrocken drehte sich Gonzo um, die rechte Hand an der entsicherten Waffe, „du?“

„Keine Panik. Ich möchte nur mit dir reden!“

Der Pastor ließ die Beiden allein. Gonzo lehnte sich an die Tischkante und sah Ferdy an, „was hast du auf dem Herzen, Ferdy?“

„Es findet doch bald ein Marsch statt!“

„Und?“ Gonzo verzog das Gesicht.

„Ich will euch warnen. Decker hat herausgefunden, dass deine Einheit die Sicherheit übernimmt.“

„Er will nicht die Einheit, er will mich. Aber ich bin gar nicht eingeteilt.“

„Glaub es mir oder nicht, Gonzo. Mehr kann ich nicht tun.“

Gonzo wurde nachdenklich, „OK. Wenn ich dir glaube, was hat er vor?“

„Genau kann ich dir es nicht sagen. Er hat nur einen Scharfschützen angeheuert“, er sah sich nervös um, „ich muss los. Viel Glück.“

Gonzo war allein. Langsam und nachdenklich ging sie zu Mac. Sie stieg ein und setzte den Truck in Bewegung. „Egal was Ferdy auch gesagt hat. Ich werde das Gefühl nicht los, dass es gegen mich gerichtet ist. Ich muss mit Charly reden.“

„Dann musst du dich aber beeilen. Er fliegt in sieben Stunden in Urlaub“, meldete Mac.

„Dann los“, Gonzo trat das Gaspedal durch. Nachts, um ein Uhr, kam sie bei Charlys Haus an, stieg aus und klingelte. Dann drehte sie sich um und stellte sich an ein Geländer. Charly öffnete die Tür, „wenn jetzt kein wichtiger Grund“, er stockte, „Gonzo?“

„Es tut mir leid, aber ich weiß einfach nicht weiter. Ich kann Niemanden vertrauen, außer dir.“

Charly setzte sich auf der Veranda in einen Schaukelstuhl, „dann erzähl.“

Während Gonzo die Sachlage erklärte, machte Charlys Frau Kaffee für Alle. Sie brachte zwei Becher raus, „wollt ihr nicht doch reinkommen? Es ist doch kalt!“

Charly sah Gonzo an, „ich habe zwar Urlaub, aber ich werde dir helfen.“

„Ich muss den General informieren“, sagte Gonzo nervös.

„Sag ihm aber nicht alles. Sei bitte vorsichtig.“

„Der General ist doch der Mann, der mir.“

Charly nahm Gonzos Hand, „weiß du was, du sagst erstmal nichts. Ich rufe sofort Laren an. Vielleicht hat er eine Idee.“

„Aber“, Ela sah Charly panisch an.

„Komm erstmal mit rein und kein Aber."

Gonzo folgte Charly ins Haus. Es dauerte einige Minuten und James wusste Bescheid. Gonzo setzte sich an den Küchentisch und trank den Kaffee. Sie sah nachdenklich aus dem Fenster. Plötzlich meldete Mac sich, „Gonzo, ich habe hier einen Code Zero."

Gonzo sah Charly an, „ich bin in einigen Minuten wieder da. Mac hat eine Nachricht für mich."

„OK. Ich warte nur noch auf den Rückruf von James."

Gonzo rannte zu Mac, „woher kommt dieser Code?"

„Aus dem Hauptquartier."

„Stell durch", befahl Rafaela.

„Hier Martinez. Miss McKensey, sie machen sich sofort auf den Weg nach Kansas."

„Aber der General erwartet mich."

„Negativ. Sie fahren sofort los."

„Verstanden. Ich mache mich auf den Weg."

„Wir übermitteln ihnen die gesamten Informationen. Ende."

Gonzo sah auf die Uhr, „ich sage noch eben Charly Bescheid."

„Ich werde schon mal die Motoren warmlaufen lassen."

Gonzo ging nachdenklich zurück ins Haus. Charly redete gerade mit James. Charlys Frau stellte sich neben Gonzo, „junge Dame, mein Mann hilft wo er nur kann. Ich habe mir schon Sorgen gemacht."

„Worüber?" fragte Gonzo.

„Ich bin fast vierzig Jahre mit Charly verheiratet, aber seit einiger Zeit redet er ständig von ihnen."

„Ich habe keine Familie mehr und Charly ist wie ein, nein er ist mein Großvater."

„Ich habe es heute Nacht bemerkt. Er setzt sich so für sie ein, als ob es Torsten, unsere Enkel, in Schwierigkeiten wäre."

Gonzo lächelte, „da ich zur Zeit das einzige Mädel in der Einheit bin, achtet er sehr auf mich."

Charly hatte das Gespräch mitangehört und gesellte sich dazu, „meine Damen. James hat eine gute Idee."

Gonzo fiel ihm ins Wort, „tut mir Leid, das Hauptquartier hat mir einen Auftrag zugeteilt."

 Charly sah Gonzo energisch an, „dann will ich dich nicht weiter aufhalten. Wir kümmern uns um den General und den Marsch."

Er ging noch mit Gonzo zum Truck, Gonzo stieg ein und fuhr los. Er sah ihr lange nach. „Was ist los?" fragte seine Frau.

„Dieses Mädchen schweb in Lebensgefahr und nur weil sie in unserer Einheit ist. Aber mein direkter Vorgesetzter hat eine Idee."

„Charly", Marga sah ihren Mann an, „den Urlaub verschieben wir natürlich. Rafaela braucht die gesamte Mannschaft und dich. Ich kann es verstehen. Ich rufe nachher Torsten an."

„Danke Liebes", lächelte Charly und gab seiner Frau einen Kuss. Dann zog sich Charly an und fuhr sofort in die Werkstatt. Highway sah ihn und ging zu ihm, „was machst du denn hier? Hast du nicht Urlaub?"

„Ich fahre später", er sah sich um, „hör mal. Gonzo hat da etwas erfahren."

Charly berichtete Highway die Geschichte mit Ferdy. James kam dazu, „wir müssen einen Plan B ausarbeiten."

Charly sah Highway an, „sei bitte für sie da wenn es schwierig wird."

Highway nickte, „Hundertprozentig."

Gonzo hatte unterdessen für das Hauptquartier die Informationen zusammen und fuhr nach zwei Tagen sofort zurück. Nachdem Sie Meldung gemacht hatte konnte sie wieder zu ihrer Einheit. Charly atmete auf als Gonzo auf den Hof fuhr. Gonzo organisierte einige Tage die Sozialstunden der Verurteilten. Inzwischen überholte Charly Mac. Der General wurde vom Hauptquartier versetzt und James Laren bekam jetzt endgültig die Leitung der Spezialeinheit. Laren schickte einige seiner Mitarbeiter, unteranderem auch Jetto und Highway, auf Tour. Gonzo meldete sich nach Tagen in der Zentrale, dass sie wieder einsatzbereit ist. Der Boss rief sie zu sich. Gonzo betrat das Büro, „guten Morgen, Sir!"

James sah Gonzo an, „ist Alles bei dir in Ordnung?"

„Wieso?" fragte sie vorsichtig.

„Was macht das Jugendheim?" er bat Gonzo einen Stuhl an.

Gonzo setzte sich, „Sir. Die Jungs arbeitet sehr hart um das Gebäude wieder instand zusetzten. Der Bauunternehmer hat mir zugesagt, dass er den Jungs, wenn sie vernünftig sind, einen Job geben wird. Er braucht gute Leute", Gonzo atmete tief durch, „dass ist aber nicht das, worüber sie sich Sorgen machen, oder?"

„Du hast Recht", er stand auf und ging zu Fenster.

Sie stellte sich neben ihn, „was ist los?"

„Du bist seit einiger Zeit die einzige Frau."

„Sir", Gonzo fiel ihm ins Wort und fragte ernst, „worum geht es?"

Er sah jetzt direkt in ihre Augen, „ich mache mir ernsthafte Sorgen um dich. Decker ist immer noch auf freiem Fuß und der General hat dich auf seiner persönlichen roten Liste ganz oben. Ich wünsche mir, dass du in der nächsten Zeit mit einem Partner arbeitest."

„Ich habe zwei Partner, Mac und Mischa. Außerdem hat mir die Sache mit Rocco gereicht."

Verzweifelt sah James Gonzo an, „bitte ich will dich nicht verlieren."

Sie legte die Hand freundschaftlich auf seine Schulter, „ich bin jetzt fünf Jahre bei dieser Truppe. Bis auf eine Schussverletzung habe ich keine Probleme gehabt. Ich arbeite nun mal lieber allein, aber ich verspreche mich regelmäßig zu melden und sollte ich wirklich mal Probleme bekommen, rufe ich um Hilfe."

„Ich kann dich wirklich nicht umstimmen?"

Sie schüttelte den Kopf, „nein. Kann ich jetzt wieder an meine Arbeit?" James ging zu seinem Schreibtisch und öffnete eine Akte, „hier. Nichts Dolles, aber ich weiß dass du Pferde liebst."

Sie überflog die Akte, „OK, ich übernehme."

Gonzo steckte die Akte ein und gab ihm die Hand.

„Pass bitte auf dich auf."

Gonzo lächelte und verließ das Büro. Langsam ging sie über den Hof zu ihrem Truck. Charly betankte gerade Mac, „na Mädchen?"

„Kann ich los?" fragte Gonzo.

Charly sah sich um, „allein?"

Gonzo pfiff und Mischa kam angelaufen, „nein!"

Sie öffnete das Führerhaus und Mischa sprang rein. Charly lachte, „wie immer. Gute Fahrt."

James sah aus dem Fenster und beobachtete Gonzo, wie sie vom Hof fuhr. Nachdem Gonzo hinter einem Haus verschwunden war drehte er sich um und ging in die Funkzentrale. Von dort aus informierte James Highway und Jetto. Highway fragte ernst, „und wen hat Gonzo bei sich?"

„Niemanden!" bekam er von James als Antwort.

Jetto griff sich das Mikro und meinte böse, „sie lebt zu gefährlich. Sie muss."

„Macht euren Auftrag fertig und folgt ihr dann", meinte James ernst, „aber unauffällig, verstanden?"

Jetto sah Highway an, „haben verstanden. Wir bleiben in Kontakt."

Unterdessen hat Gonzo den Freeway erreicht. Sie fuhr Richtung Süden. „Wohin?" fragte Mac plötzlich.

„Fort Smith, Arkansas. Dort gibt es Probleme im Reservat. Dort sollen ganze Herden von Pferden verschwinden."

„OK. Ich lege eine Route fest."

„Nein Mac, ich würde gerne noch einen Umweg nach Knoxville machen."

„Du bist der Boss."

In Las Vegas trafen einige Wissenschaftler in der Penthouse. Sie setzten sich an einen großen Tisch. „Irgendwelche Fortschritte?" fragte Decker.

„Ja, Sir. Das Mittel hat die gewünschte Auswirkung. Die Personen machen Alles was wir wollen. Wissen aber später nichts mehr davon. Das Serum ist auch nicht nachzuweisen."

„Wirkt das Mittel auch später?"

Ein Wissenschaftler sah auf, „ja. Es wirkt wie eine Uhr. Einmal eingestellt."

„Kann man das Serum auch auf längerer Zeit verabreichen?"

Erstaunt sagte er, „davon war nie die Rede."

„Jetzt rede ich aber davon, also?"

Ein weiterer Wissenschaftler blätterte durch die Akte, „wenn die Versuchsperson Physisch und Körperlich in Topzustand ist, habe ich keine Bedenken."

Plötzlich flog die Tür auf, „Sir!"

„Ferdy, was gibt es? Neuigkeiten?"

„Ja, Sir. Unsere Zielperson ist auf dem Weg."

„Gute Nachrichten. Danke!"

Decker sah die Wissenschaftler an, „ich brauche dieses Mittel in sieben Tagen."

„Kein Problem. Wie viele Einheiten?"

Decker sah grinsend zu den Männern, „für mindestens einundzwanzig Tage."

Ein Wissenschaftler sah erschrocken auf, „so viel?"

„Gibt es irgendwelche Probleme?" Decker sah wütend zu den Männern.

Der Wissenschaftler schüttelte panisch den Kopf, „nein, Sir."

„Gut", Decker ließ die Wissenschaftler allein. Er ging in sein Büro und setzte sich an den Schreibtisch. Ferdy saß auf dem Sofa. „So, dass wäre geklärt."

„Sir. Ich weiß aber immer noch nicht was."

„Ich erkläre dir meinen Plan. In neunundzwanzig Tagen ist dieser Marsch. Der Präsident wird dann einem Anschlag zu Opfer fallen."

Ferdy stand auf, „muss es wirklich Gonzo sein?"

„Ja und dass aus zwei Gründen. Erstens komm sonst Niemand dichter an den Präsidenten ran und zweitens geht mir diese Frau auf die Nerven."

„Und was ist mit den anderen US-Marschalls?"

„Nichts. Du sorgst dafür, dass diese Frau abkömmlich für uns ist und dieses Serum bekommt. Die Wohnung ist auch schon präpariert. Du hast achtundzwanzig Tage. Verstanden?"

„Ja Sir. Sie können sich wie immer auf mich verlassen." Ferdy verließ das Büro.

Decker ging zum Fenster und fing anzulachen, „James Laren, bald wirst du deinen Job verlieren und dann habe ich alle Macht der Welt."

Gonzo hingegen hatte sich inzwischen in Knoxville mit Proviant versorgt und einen alten Freund besucht. Sie kam nach drei Tagen in Arkansas an. Zeitgleich wie Gonzo kam Ferdy, mit seinen Männern, in Jacksonville an. Gonzo fuhr in Jacksonville zu einer Tankstelle, „Mac, Meldung an die Zentrale."

„OK."

Gonzo wunderte sich über die Metallplatten vor den Zapfsäulen. „Vielleicht eine größere Reparatur", dachte sie und fing an Mac zu bedanken. Nach einigen Minuten stand plötzlich der Tankwart neben Gonzo, „Tagchen."

„Hallo", begrüßte Gonzo freundlich den Mann.

„An ihrem Trailer ist ein Blech los."

Gonzo schaute auf, „wo?"

„Hinten rechts", sagte der Tankwart.

Gonzo steckte den Zapfhahn zurück in die Säule, „danke. Ich sehe mir die Sache mal an."

Langsam ging sie am Trailer vorbei. Immer wieder sah sie sich den Aufbau an. Als Gonzo hinter den Trailer ging, sah sie plötzlich in einige Revolverläufe. Ferdy machte ihr ein Zeichen, dass sie leise sein solle. John nahm Gonzo die Waffen ab und schob sie in einen schwarzen Van. Ferdy kam hinterher und als er im Van war, sagte er, „jetzt."

Gonzo sah wie zwei Männer an einem Seil zogen und ein blankes Kabel fiel auf Mac. Gonzo schrie auf und riss das Headset vom Kopf, „du mieses Schwein."

„Es musste sein. Dein Truck ist mir einfach zu gefährlich."

Gonzos Blick versteinerte, „wegen Mac mache ich dir keine Vorwürfe. Aber sollte Mischa nur ein Haar gekrümmt worden sein."

Ferdy lachte, „um den Köter brauchst du dir keine Sorgen machen. Er war nicht im Fahrzeug."

Die Heckklappe ging plötzlich auf und Mischa sprang rein. Das Tier leckte Gonzo den Nacken ab. Sie sah Ferdy ernst an, „da hast du noch mal Glück gehabt. Was jetzt?"

„Entspann dich, ich erkläre dir Alles auf der Fahrt", er hielt ihr eine Dose Cola hin, „hier!"

Gonzo sah die Dose an, „was hast du vor?"

„Decker will dich sprechen."

Gonzo nahm die Dose, öffnete die Cola, „dann wird es nicht lange dauern."

Sie nahm einen Schluck, „was macht ihr mit meinem Truck?"

Er lächelte, „du bekommst ihn voll funktionstüchtig wieder."

Plötzlich verschwamm alles vor Gonzos Augen. Sie griff Ferdy an, „ich hätte es."

Dann sackte Gonzo zusammen. „Das hat aber verdammt lange gedauert", meinte John und zog Gonzo zurück auf den Sitz.

„Ich weiß", sagte Ferdy, „aber damit habe ich gerechnet. Aber jetzt zur Wohnung."

Highway und Jetto bekam eine Meldung, „Gonzo ist nicht am Einsatztort eingetroffen. Mac ist nicht zu orten."

Highway sah seinen Kumpel an, „brechen wir hier ab?"

„Warum bist noch nicht auf dem Weg", brummte Jetto.

Highway wendete seinen Truck sofort und trat das Gaspedal durch. Jetto benachrichtige sofort die Zentral. Währenddessen kam James Laren im Hauptquartier an. Stefan Mainstreet wartete auf dem Flur, „schon was Neues?"

„Nichts", sagte Laren nervös, „ich hätte sie nicht allein fahren lassen dürfen."

Beide Männer gingen in Richtung General. Stefan wollte gerade die Tür öffnen als James ihn davon abhielt. Beide lauschten an der Tür. „Gut. Zielperson ist auf dem Weg. Ist in Ordnung. Melde mich in fünfzehn Tagen", der General legte den Hörer auf und wollte die Bürotüröffnen.

„Guten Morgen", sagte Stefan böse, „ich habe einige Fragen an sie, Sir."

James sah die beiden Männer an, „ich fahre zurück und kümmere mich um Gonzo."

„Ja machen sie es. Ich melde mich später bei ihnen."

„Schöne Grüße an die junge Dame", grinste der General.

James sah verstört Stefan an und verließ das Gebäude.

Nach zwei Tagen kamen Highway und Jetto in Jacksonville an. Highway steuerte die Tankstelle an. Während Jetto tankte ging er selbst in den Verkaufsraum, „Tagchen."

„Hallo", sagte ein älterer Mann, „kann ich behilflich sein?"

Highway legte seine Marke auf den Tresen, „wir suchen einen schwarzen Truck und den Fahrer dazu!"

„Tut mir leid, aber ich arbeite erst seit zwei Tagen hier. Und ich habe auch keinen Truck gesehen!"

Jetto war fertig und steckte den Zapfhahn in die Säule und sah sich dabei um. Er entdeckte eine Videokamera. Er rannte sofort zu Highway, „die haben hier eine Überwachungskamera."

Der Tankwart ging sofort in einen Nebenraum. Highway und Jetto sahen ihm erstaunt nach.

„Kommen Sie bitte hierher", rief der Tankwart.

Die Beiden gingen auch in den Raum.

„Der Sicherheitsdienst hat die Anlage vor einigen Monaten eingebaut. Mein Boss hat mir erzählt, dass die Tankstelle schon mehrmals überfallen worden war. Ich soll jeden Morgen die Kassetten wechseln."

„Auch Filme von den Tagen davor", fragte Highway vorsichtig.

Der Tankwart nickte, „hier im Schrank sind die Videos von den letzten vier Wochen."

Jetto setzte sich auf einen Stuhl, „es wird ein verdammt harter Tag."

„Brauchen sie mich noch, ich habe noch etwas zu tun."

Highway folgte dem Mann in den Verkaufsraum, „danke für ihre Hilfe."

„Ich bringe ihnen noch eine Kanne Kaffee."

Jetto hatte die Anlage schon eingestellt und suchte die Kassetten von dem Tag, den er vermutete. Highway setzte sich, „dann wollen wir mal."

In der Zentrale ging es drunter und drüber. James rief Marty und Einstein zu sich. „Was können wir denn tun?" fragte Einstein.

„Nichts. Wir müssen irgendetwas herausfinden. Keiner hat eine Ahnung wo Gonzo sein könnte. Ich möchte, dass ihr Beide jeder Zeit abrufbar seid.“

„Klar doch. Jederzeit. Charly ist in Urlaub und wir sind in der Werkstatt beschäftigt“, sagte Marty kleinlaut.

„Danke Jungs. Ich mache mir große Vorwürfe. Ich hätte sie nicht allein.“

„Entschuldigung Chef“, warf Einstein ein, „wir Alle machen unsere Jobs so, wie wir es wollen. Gonzo will es eben Allein machen.“

Plötzlich kam Magret, die gute Seele aus dem Büro, rein gelaufen, „was ist denn mit dem Marsch?“

James sah Sie erstaunt an, „es geht so weiter wie geplant. Gonzo ist nicht eingeplant. Warum fragen sie?“

„Was ist, wenn?“ sie sah die Männer an, „nein, es kann nicht sein.“

Einstein schüttelt den Kopf, „Gonzo und ein Attentat? Nee Leute, nicht unsere Gonzo.“

Magret zitterte am ganzen Körper, „und wenn sie es gar nicht weiß?“

James wurde hellhörig, „Magret, setzten sie sich bitte. Was wissen sie?“

Magret setzte sich, „mein Onkel ist Wissenschaftler. Er hat immer an neuen Medikamenten gearbeitet. Zuletzt bei der Regierung. Doch seit sieben Wochen ist er verschwunden. Gestern war sein direkter Vorgesetzter bei mir und hat mich einige Dinge gefragt. Auch ob ich wüsste, woran er zuletzt gearbeitet hat.“

James setzte sich Magret gegenüber, „warum erzählen sie uns das?“

„Ich habe den Männern nicht alles gesagt. Er arbeitete an einem Serum, dass Menschen willenlos macht kann. Soldaten sollten dieses Serum bekommen, um nachher nicht über ihren Einsatz reden zu können. Wie genau es gehen soll, weiß ich auch nicht."

Plötzlich meinte Marty, „Decker!" Alle sahen ihn an.

„Ich meinte ja nur, wenn Decker eine Möglichkeit hat, Gonzo auszuschalten."

„Stimmt", sagte Einstein, „und Ferdy kennt doch unsere Unarten."

James stand auf, „und mein Posten hängt an einem seidenen Faden, wenn es schief geht. Ihr habt Alle Recht. Nur was können wir machen?"

Inzwischen haben Highway und Jetto die richtige Videokassette gefunden und sah, was geschehen war. Der Tankwart war inzwischen dazu gekommen, „warum hat man das getan?"

Jetto schüttelte den Kopf, „dass wüsste ich auch gern."

Sie sahen den Film weiter. Erst fuhr ein schwarzer Van weg, dann tauchte ein quitschgelber Abschleppwagen auf. Der nahm Mac an den Haken. Highway hielt den Film an, „kennen sie vielleicht den Wagen?"

„Nee, der stammt bestimmt nicht von hier."

„Wo könnte man Mac hingebracht haben?"

„Es gibt nur eine Ecke hier, wo man so etwas Großes verstecken könnte. Der Güterbahnhof."

Jetto sah zuerst Highway an, dann den Tankwart, „wann ist der letzte Zug durch?"

„Moment, ich sehe nach."

Nach kurzer Zeit kam er zurück, „hier ist ein Plan. Es war gestern Abend."

Jetto nahm den Plan, „wenn Mac verladen wurde."

„Mach es nicht so spannend!" maulte Highway.

„Er ist auf den Weg nach", Jetto sah Highway an, „Washington DC."

Highway lief sofort zum Truck und rief die Zentrale.

„Hier Laren, was habt ihr?"

„Also. Gonzo wurde mit einem schwarzen Van verschleppt und Mac."

„Was ist mit dem Fahrzeug?"

„Wahrscheinlich auf dem Weg zu euch." Highway erklärte die Sachlage. Einstein hatte es mit angehört, „wenn ihr Recht habt, folgen wir Mac. Wir überprüfen die gesamten Güterzüge."

„Danke. Wir Beide kommen sofort zurück."

Highway warf das Mikro auf Armaturenbrett. Jetto stand neben ihm und sah ihn an. Highway atmete durch, „ab nach Hause. Hier können wir nichts mehr tun."

Jetto bezahlte noch die Rechnung und verabschiedete sich vom Tankwart. Highway startete den Motor und fuhr los.

Einstein hatte mit noch zwei Kollegen den Güterbahnhof überprüft und kam niedergeschlagen wieder.

„Und?" fragte Marty erwartungsvoll.

„Wir waren zu spät. Der diensthabende Angestellte hat uns aber bestätig, dass ein Truck abgeladen wurde. Ich habe ihm ein Foto gezeigt, aber Gonzo war nicht dabei."

Am anderen Ende der Stadt fuhr ein schwarzer Van auf einen Hof. Ferdy stieg aus. „Was machen wir jetzt mit ihr?" fragte John.

Ferdy sah Gonzo an, „bringen wir sie erstmal rein. Der Arzt ist schon oben im ersten Stock."

Gemeinsam mit John brachte er Gonzo in den ersten Stock. Sie legten Gonzo auf das Bett. Ferdy sah Ela an, „es tut mir so leid, aber ich hatte dich gewarnt, Liebes."

„Wann haben sie ihr zum letzten Mal das Schlafmittel gegeben?" fragte der Wissenschaftler.

„Vor 12 Stunden. Sie schläft jetzt schon fast zwei Tage."

Der Arzt sah Gonzo an, „ich kümmere mich ab jetzt um sie. Das Serum werde ich ihr heute Abend geben."

Ferdy und John verließen das Zimmer. Ferdy rief Decker an, „die Zielperson ist angekommen. Die Zeit läuft."

„Gut. Verschwinde von dort, nicht dass sie dich erkennt."

„Was wird mit dem Truck?"

„Die Techniker sind am Fahrzeug und stellen sicher, dass er einsatzbereit ist."

Ferdy steckte das Handy ein, „John! Sorg bitte für den Köter und sorge dafür, dass die drei Wachhunde scharf sind."

„Wird sofort erledigt", nickte John.

Im ersten Stock kam Gonzo langsam zu sich und versuchte sich aufzurichten.

„Wieder unter den Lebenden?"

Gonzo sah sich verstört um, „was ist denn los?"

„Sie hatten einen Unfall. Ich bin Doktor Thränhardt."

Gonzo wollte sich aufrichten, doch ihr Kopf brummte. Er gab ihr ein Glas Wasser. „Sie haben eine Gehirnerschütterung und einige Rippen geprellt."

Er spritzte ihr etwas, „gegen die Schmerzen."

Gonzo schlief wieder ein. Der Doc sah auf die Uhr, „hoffentlich geht es gut. Warum habe ich mich nur auf diese Sache eingelassen?"

Er überprüfte nochmals die Vitalwerte von Gonzo, setzte sich auf einen Stuhl und lass ein Buch. Nach einigen Minuten griff plötzlich eine Hand nach seinem Arm, „Doc. Was ist eigentlich los mit mir?"

Er sah Gonzo verwundert an, „wie ich schon gesagt habe, sie hatten einen Unfall."

„Wer bin ich?"

„Man sagte mir, dass sie Rafaela McKensey heißen."

„Wann kann ich wieder raus?"

„Sobald sie wieder aufstehen können. Aber."

Gonzo richtete sich auf, „aber?"

„Sie müssen noch einige Tage eine Behandlung erhalten. Dieses Mittel ist ihnen in einer sehr hoher Dosis verabreicht worden und ich muss jetzt darauf achten, dass es ihnen in den nächsten drei Wochen langsam besser geht."

„Zwangsurlaub, auch nicht schlecht. Ich verspreche ihnen nicht wegzulaufen", lächelte Gonzo den Arzt an.

John hatte inzwischen die elektronische Anlage angeschlossen und eingeschaltet. Bis auf Gonzo, bemerkte es Niemand. Anfangs störte es Gonzo, aber nach einigen Stunden verschwanden die Stimmen im Kopf. Sie glaubte es hätte mit der Gehirnerschütterung zutun. Ihre Sporttasche stand neben dem Schrank und sie zog sich um. Nahm ein kleines Päckchen raus und steckte es in die Westentasche. Nach weiteren vier Tagen ging Gonzo zum ersten

Mal an die frische Luft. „Mischa", rief Gonzo und der Hund kam angelaufen.

„Gut dass du da bist. Möchtest du ein Leckerchen?"

Der Hund sprang aufgeregt um Gonzo. Sie kramte einen Hundekuchen aus der Tasche und gab es Mischa. Plötzlich standen drei große Hunde zähnefletschend vor ihr.

„Ruhig Jungs, ich tue euch doch nichts", sagte Gonzo leise und holte noch weitere Hundekuchen aus der Weste. Die Hunde gingen einige Schritte zurück, als Gonzo sich auf die Treppe setzte. Es dauerte einige Zeit bis der Rottweiler zu ihr ging und sich ein Leckerchen holte. Auch der Schäferhund traute sich, nur die Dogge wollte nicht zu Gonzo gehen. Sie warf ihm einen Hundekuchen zu und er schnappte es. Eine halbe Stunde später ließen sich alle Hunde kraulen.

„Das ist nicht gut!" sagte plötzlich eine fremde männliche Stimme. Gonzo drehte sich um, „warum? Oder ist es das füttern?"

„Genau", John zog Gonzo ins Haus, „die Drei sollen hier aufpassen."

Gonzo schüttelte John wie eine lästige Fliege ab, „deshalb lasst ihr die Tiere hungern, oder?"

„Der Besitzer kommt regelmäßig und versorgt die Tiere."

„Dann werde ich mich später mit diesem Besitzer unterhalten."

Plötzlich stand der Doc neben Gonzo, „die Infusion ist fällig."

„Ich komme." Gonzo folgte dem Doc.

Ein paar Tage später schnappte sich Gonzo die Autoschlüssel von John, ging zu den Hunden und machte sich mit den Tieren auf. Mischa sprang, wie immer ins Führerhaus. Die drei Großen verfrachtete Gonzo auf die Ladefläche des Pickups. Sie startete das Fahrzeug und fuhr los. Am nächsten Supermarkt parkte Gonzo den

Pickup in der äußersten Ecke, stieg aus und sah sich um. Sie streichelte zuerst Mischa, dann die Anderen. Gonzo ging langsam zum Supermarkt. Nach einigen Minuten hatte Ela einen Sack Hundefutter im Einkaufswagen und machte sich auf den Weg zur Kasse. Noch einige Kleinigkeiten packte sie ein und dann bezahlte sie alles. Sie nahm den Sack auf die Schultern und die Tüte in die rechte Hand. Charly, wie der Zufall es wollte, kam mit seiner Frau aus dem Urlaub und wollte im Supermarkt einkaufen. Seine Frau ging vor. Charly sah sich um und entdeckte Gonzo, „was macht das Mädchen denn hier?“

Er ging eiligst auf Gonzo zu, „kann ich helfen?“

Gonzo sah Charly fragend an, „wieso?“

„Das Futter ist doch bestimmt nicht leicht!“

„Ach so. Nein es geht schon“, Gonzo marschierte weiter. Charly folgte ihr. Sie warf den Sack auf die Ladefläche und gab jedem Hund ein Leckerchen.

„Ich will nicht aufdringlich erscheinen, gehören die Hunde alle ihnen?“

Gonzo öffnete die Fahrertür, „nein. Ich versorge die Tiere nur einige Tage. Aber.“ Gonzo sah Charly verwundert an, „kennen wir uns nicht?“

„Man nennt mich Charly.“

„Charly! Ich glaube ich verwechsle sie mit Irgendjemand. Schönen Tag noch.“ Sie stieg ein und fuhr los.

„War das nicht das Mädchen von deiner Einheit?“ fragte Magdalene, die dazu gekommen war.

„Irgendetwas stimmt nicht. Ich müsste mit James dringend reden.“

Er nahm seiner Frau die Einkäufe ab und verstaute alles in den Wagen. Charly und Magdalene stiegen in den Wagen und fuhren nach Hause. Gonzo war inzwischen zurück, brachte die Hunde in den Garten und stellte das Futter auf die Veranda. John kam raus und nahm Gonzo den Autoschlüssel ab, „nächstes Mal fragst du mich bitte."

„OK", grinste Gonzo.

Er sah sie an und fragte, „hast du irgendetwas?"

„Wahrscheinlich nicht Wichtiges, aber auf dem Parkplatz hat mich ein älterer Mann angesprochen. Er glaubte mich zu kennen. Aber es ist egal, ich muss die Jungs füttern."

John hielt Gonzo am Arm fest, „der Doc wartet oben."

„OK. Aber erst die Tiere."

Nachdem Gonzo alles erledigt hatte, lief sie ins Zimmer und der Arzt gab ihr wieder eine Infusion. John bekam gleichzeitig einen Anruf von Ferdy.

„In zwanzig Minuten am Treffpunkt zwei."

John sah in die oberer Etage, „verstanden."

Gonzo kam die Treppe herunter. „Ich muss kurz weg", meinte John lächelnd.

„Brauchst wegen mir nicht unbedingt wieder kommen", lachte Gonzo und ging zu den Hunden.

„Blöde Ziege", dachte John und verließ das Haus. Ferdy wartete ungeduldig auf John. Nachdem John ausgestiegen war meinte Ferdy, „wo bleibst du denn?"

„Wieso", fragte John und sah auf seine Armbanduhr.

„Egal. Dass ist das Gewehr von dieser Rafaela. Du wirst wie besprochen die nächste Aktion starten."

John nahm die Waffentasche, „sonst noch was?"

„Ja. Decker will, dass sie ab sofort eine dreifache Dosis bekommt. Er will sicher gehen, dass Alles klappt."

„Ist der Boss wirklich sicher, das."

Ferdy sah John böse an, „mach deinen Job und der Boss ist zufrieden."

Ferdy stieg in die Limousine und John sah ihm nach. Er ging zu seinem alten Wagen, legte die Tasche auf den Rücksitz und dachte, „langsam zweifele ich an die Sache. Warum hat man ausgerechnet dieses Mädchen ausgesucht? Ich muss mal nachforschen, worum es wirklich geht."

Zurück am Haus legte John das Gewehr auf dem besprochenen Platz, ging dann zur Anlage und stellte diese Anlage neu ein. Gonzo saß in der Küche und trank Kaffee.

„Darf ich?" fragte John.

Gonzo sah auf, „wenn es sich nicht vermeiden lässt."

 John nahm sich einen Kaffee und setzte sich gegenüber von Gonzo, „was machen die Hunde?"

„Ihnen geht es jetzt besser. Mit vollem Bauch wacht es sich einfach besser."

John sah Gonzo in die Augen, „und wie geht es dir?"

„Soll das jetzt ein Verhör werden?"

„Nein. Ich mache mir nur Sorgen um dich."

Plötzlich stand Gonzo auf und verließ die Küche. Erschrocken sah John ihr nach. Vorsichtig folgte er ihr. Er sah, wie Gonzo das Gewehr auseinander nahm und reinigte. Er ging zum Arzt, „wie geht es ihr?"

„Nicht so gut. Die dreifache Dosis wird sie bestimmt umschmeißen."

John sah zu dem Raum, „was kann denn passieren?"

Der Arzt sah John traurig an, „Persönlichkeitsspaltung wäre noch harmlos."

Plötzlich stand Gonzo neben den Beiden, „na ihr Zwei."

„Hast du was vor?" fragte John.

„Ich fahre zum Schießstand und nehme die Hunde mit."

John folgte Gonzo zur Tür, „soll ich mitfahren?"

„Lieb von dir, aber ich fahre Allein", meinte Gonzo lächelnd und verließ das Haus.

In der Zentrale am anderen Ende der Stadt freute sich James Laren über den unverhofften Besuch von Charly. Charly sah ernst aus und sah James fragend an, „ich hätte gerne eine Info!"

„Komm mit ins Büro", forderte James Charly auf.

Beide Männer betraten das Büro. Charly setzte sich auf einen Stuhl, „hat Gonzo einen geheimen Auftrag?"

James sah erschrocken Charly an, „nein. Sie ist seit einigen Tagen verschwunden. Wieso fragst du?"

„Ich habe Ela gesehen. Sie wollte oder hat mich nicht erkannt."

James erzählte Charly Alles war er wusste.

Einstein war zu einem Freund unterwegs. Auch er sollte Gonzos Weg kreuzen. Einstein parkte seinen kleinen Sportwagen neben einem roten Pickup. Die Hunde fletschten die Zähne. Er sah verunsichert zu den Tieren, packte seine Tasche und schloss die Tür. Einstein ging in den Schießstand. Bobby kam gerade von den

Schießständen zurück und stellte sich hinter die Theke. Er sah Einstein kommen, „ach nee. Die US-Marschalls haben wohl Langeweile.“

Einstein grinste, „eigentlich nicht. Wie kommst du denn darauf?“

„Nur so“, Bobby sah zum Schießstand.

Einstein folgte seinem Blick. „Gonzo?“ sagte er leise.

Bobby tippte ihm auf die Schulter, „Probleme?“

Einstein schüttelte den Kopf und ging langsam auf Gonzo zu. Sie zielte gerade als Einstein sich neben ihr stellte. Sie sah kurz zu ihm rüber und schoss. Auf der Anzeige tauchten die Zahlen 650 Meter, 10 Ringe auf. Einstein meinte anerkennend, „guter Schuss!“

„Wen interessiert das?“ Gonzo packte ihre Sachen ein.

Einstein fragte freundlich, „darf ich?“

„Nein. Kein Bedarf.“ Sie nahm die Tasche und ging zu Bobby. Einstein überlegte kurz, schrieb etwas auf einen Zettel und steckte diesen Zettel heimlich in die Tasche von Gonzo.

„Bin Morgen wieder hier“, sagte Gonzo energisch.

„OK. Stand sieben.“

Ohne Einstein auch nur ein Blick zu würdigen verließ Gonzo die Anlage. Beide Männer sahen ihr nach. Bobby brach das Schweigen, „wart ihr Beiden nicht mal unzertrennlich?“

„Ich habe keine Ahnung was mit der Frau los ist.“

Bobby winkte ab, „ich habe vergessen, dass ich nur ein Freund bin.“

„Es hat nichts mit einem Auftrag zu tun“, Einstein sah Bobby an, „wie geht es dir überhaupt?“

„Es könnte besser gehen. Seit das neue Gesetzt in Kraft ist, habe ich kaum noch Kunden, außer euch natürlich."

„Es wird sich wieder ändern. Ich muss dringend Etwas erledigen. Ich melde mich später noch bei dir."

Einstein legte einige Dollar auf die Theke und fuhr eiligst zur Zentrale. Dort angekommen lief er sofort zum Büro. Marty rannte er fast über den Haufen und stürmte ins Büro. Erschrocken sahen James und Charly ihn an, „was sollte das denn jetzt?"

„Entschuldigen sie, aber ich habe soeben Gonzo getroffen."

Charly sah Einstein ernst an, „wo?"

„Bei Bobby."

James sah die Beiden fragend an, „wer ist Bobby?"

„Er leitet den privaten Schießstand, wir trainieren regelmäßig bei ihm", antwortete Einstein.

„Siehst du", sagte Charly erleichtert.

„OK", sagte Laren ernst, „Einstein, du nimmst Marty und fahrt zum Supermarkt. Findet das Mädchen."

„Wird gemacht." Einstein wollte das Büro verlassen, „Sir, da wäre noch etwas!"

„Was?"

„Die Werkstatt."

„Ich kümmere mich ab sofort wieder darum", meinte Charly.

Marty wunderte sich darüber, das Einstein schon wieder zurück war. „Wir haben einen Einsatz. Komm ich erkläre dir Unterwegs alles." Beide Marschalls liefen zum Truck.

Währenddessen fand Gonzo den Zettel. „Wer hat denn?" sie las den Zettel, „Shaolin-Zentrum, Tag und Nacht geöffnet."

Sie wendete den Pickup und fuhr in die Stadt. Nach einiger Zeit kam Ela an einem alten Gebäude an. Sie stieg aus, nahm ihre Weste und sah sich um, „schaden kann es ja nicht." Langsam ging Gonzo zur Tür. Nachdem sie das Gebäude betreten hatte nahm sie einige Räucherstäbchen und zündete Diese an. Sie steckte die Stäbchen in ein Gefäß und schloss die Augen. Plötzlich fühlte sie eine Hand auf ihrer Schulter, „ich habe dich erwartet. Du brauchst jetzt meine Hilfe."

Ohne Widerworte folgte Gonzo dem Mönch. In einem weiteren Raum drehte sich der Mönch zu Gonzo, „komm zu mir!"

Sie tat es, „kannst du mir wirklich helfen?"

Er nickte und nahm den Kopf von Gonzo zwischen seine Hände. Beide schlossen die Augen. Ein weiterer Mönch schloss die schwere Eichentür.

Marty fuhr nach Anweisung von Einstein zum Supermarkt. Sie rannten zum Verkaufsleiter und sprachen mit ihm. „Die junge Dame kommt seit drei Tagen regelmäßig. Sie kauf aber nur Hundefutter."

„War Sie heute schon hier?" fragte Einstein.

„Nein."

Marty sah auf den Parkplatz, „Gonzo wird kommen."

Nach einem weiteren Gespräch bekamen die Beiden vom Verkaufsleiter die Uniformen und Einstein ging Richtung Kassen. Marty postierte sich in der Tierabteilung. Nach zwei Stunden tauchte Gonzo auf. „Sei bitte vorsichtig. Keiner weiß, was man ihr gegeben hat", mahnte Einstein doch Marty winkte ab.

Marty sah wie Gonzo in die Tierabteilung ging.

„Hallo", sagte er vorsichtig.

Gonzo drehte sich um, „was machst du denn hier? Bist du gefeuert worden?"

„Du erkennst mich?"

Gonzo lachte laut, „aber wieso denn nicht?"

„Einstein und Charly hatten da ihre Probleme."

Gonzo wurde ernst, „ich habe große Probleme!"

Marty sah sich um, „kannst du reden?"

Gonzo nahm eine Kiste mit Hundekuchen, „nein, aber im buddhistischen Zentrum kann es Jemand." Sie ging zur Kasse. Einstein saß an der Kasse und sah Gonzo an. Lächelnd bezahlte sie die Kiste und verließ den Laden. Marty gesellte sich zu Einstein, „was ist mit diesem Zentrum?"

„Es ist auch meine Religion. Was hat sie gesagt?"

„Nichts. Wir müssen sofort zu diesem Zentrum."

„Hab verstanden. Auf geht es!"

Nachdem die Beiden den Marktleiter informiert hatten fuhr Einstein auf dem direkten Weg zu diesem Zentrum. Drei Stunden später saßen sie mit Jetto, Highway und James in der Kantine.

„Was Neues?" fragte James Laren.

„Ja. Gonzo bekommt jeden Tag irgendein Serum, wegen eines Unfalls. Aber seitdem hört Gonzo Stimmen."

„Stimmen? Dreht sie jetzt durch?" fragte Highway.

James erzählte von dem Serum und dessen Auswirkungen.

„Wenn dass alles stimmt, was machen wir mit Gonzo?" fragte Jetto.

„Wir holen Ela natürlich raus, oder?" fragte Einstein.

„Warte. Unser Informant sagte noch etwas über den Marsch!"

James sah die Marschalls ernst an, „wenn es stimmt müsst ihr Gonzo ausschalten.“

„Nein“, sagte Highway böse, „ich werde es verhindern. Ich fahre jetzt sofort zu ihr.“ Er stand auf.

„Warte, wir kommen mit“, sagte Marty.

Die vier Kameraden wollten los, als James meinte, „sagt mir aber sofort Bescheid, wenn ihr wisst, wen es treffen soll!“

„Wir gemacht“, nickte Marty.

Am anderen Ende der Stadt bekam ein Arzt einen Anruf. „Ja Sir. Wie Bitte? Nein, das kann ich nicht verantworten.“

 John sah den Arzt an, „was ist?“

 Der Arzt schüttelte den Kopf, „lassen sie meine Tochter daraus. Ich werde es tun.“

Traurig legte er den Hörer auf, „jetzt dreht Decker völlig durch!“

„Was will der Boss?“

„Ich soll die nächsten zwei Tage die fünffache Dosis nehmen.“

„Das ist gefährlich?“ John sah zu Gonzo die mit den Hunden spielte.

„Es kann zu Gehirnschädigungen kommen.“

John sah den Doc an, „sie werden es nicht tun. Bleiben sie bitte bei der jetzigen Dosis.“

„Aber Decker will meiner Tochter was antun!“

„Ich sage dem Boss nichts. Wir müssen diese Sache zwar zu Ende bringen, aber nicht auf Kosten von Rafaela. Sie ist eine tolle Frau. Ich lasse es nicht zu, dass sie wahnsinnig wird. Niemals.“

Gonzo war auf dem Weg zu ihrem Zimmer und hatte das Gespräch mit angehört. Sie ging in die Küche und kochte ein Essen für sich und den Männern. Plötzlich roch es im Haus nach Essen.

„Was ist denn jetzt Los?" fragte der Doc.

Er und John gingen neugierig in die Küche. „Was machst Du denn da?" fragte John.

„Kochen!"

„Jetzt bin ich platt!" meinte John.

Gonzo lächelte und deckte den Tisch. Während Gonzo das Essen auf den Tisch stellte, setzten sich die beiden Männer an den Tisch.

„Lasst es Euch schmecken", sagte Gonzo, als sie sich dazusetzten. John kostete von dem Gemüse, „dass schmeckt wirklich gut."

Der Arzt nickt zustimmend. Gonzo sah nicht auf als sie sagte, „sagt Highway auch immer."

John verschluckte sich. „Wer?" fragte der Arzt.

„Mein Partner, Highway."

„Sie haben einen Partner?"

Gonzo legte das Besteck hin, „ja und er ist der beste US-Marschall den es gibt", dann sah sie John an, „es wird Zeit mir die Wahrheit zu sagen. Obwohl ich mir schon denken kann, worum es geht."

John sah den Arzt an und er nickte. John atmete tief ein, „Decker will, dass du den Präsidenten tötest."

„Aber woher wissen sie?" fragte der Arzt.

Gonzo fiel dem Doc ins Wort, „es ist egal. Wir machen so weiter, wie es Decker will. Ich will diesen Mistkerl endlich haben."

Sie streckte John die Hand hin, „ich vertraue dir!"

John sah verzweifelt in Gonzos Augen, „habe ich überhaupt eine Chance?"

„Immer!" meinte Ela lächelnd. Er schlug ein.

„OK. In drei Tagen wäre es soweit. Wie geht es weiter?" fragte Ela ernst, aß dabei weiter. Die Drei besprachen das weitere Vorgehen.

James war nervös, er wusste immer noch nichts. Charly plante trotzdem die ganze Sache weiter. Auch hatte er einen Plan B parat. Der nächste Tag brach an. Gonzo fuhr wieder zum Schießstand. Sie wurde von ihrer Einheit und von Deckers Männern beobachtet. Marty und Einstein waren wieder im Supermarkt. Gegen Mittag tauchte Gonzo dort auf. Sie hatte die Hunde wieder mit. „Seit schön brav", sagte Gonzo, ging los und betrat den Supermarkt. „Sie ist in voller Ausrüstung", sagte Einstein über Funk, „da ist was ober faul."

Marty sah sich um, „ich passe auf."

Highway war inzwischen auch eingetroffen und betrat den Laden. Einstein gab ihm ein Zeichen, wohin Gonzo ist. Marty hat Gonzo entdeckt und sprach sie leise an, „wir haben."

Im nächsten Moment lag Marty auf dem Boden und hatte Gonzos Messer an der Kehle. „Sprich mich nie wieder an. Ist das klar?" drohte Gonzo. Ohne dass es Marty bemerkte, steckte sie ihm einen Brief unter die Jacke.

„Ist schon gut", flehte Marty, „lass mich los."

Gonzo löste den Griff, steckte das Messer in den Stiefel. Jetzt entdeckte sie Highway. „Mistkerl", sagte sie zu Marty und mit einem gezielten Faustschlag, legte sie Marty flach.

Sie sprintete durch die Gänge, an der Kasse vorbei und verschwand. Highway fand den bewusstlosen Marty. „Mensch Junge, wach auf."

Marty kam langsam zu sich und schlug die Augen auf, „ist Rafaela weg?"

„Ja!" Highway sah sich um.

Vorsichtig stand Marty auf, „jetzt ist sie völlig durchgeknallt."

„Irgendetwas ist hier faul. Komm mit."

Marty klopfte den Staub von der Hose, dabei fiel der Brief raus. Marty hob den Brief auf, „warte, Highway."

Highway kam zurück, „was ist denn noch?"

Marty gab ihm den Brief, „von Gonzo."

Highway riss den Umschlag auf, las den Brief und sah auf den Parkplatz, „wir müssen sofort zu Laren."

„Fahr du, wir bleiben hier."

„Gut, sagt aber Jetto Bescheid. Bin dann weg."

James saß besorgt in seinem Büro. Charly klopfte an und sah ins Büro, „hast du Zeit?"

„Komm rein. Ich bin in Sorge."

„Wegen dem Marsch?"

James sah Charly an, „es sind nur noch zwei Tage und wir wissen noch immer nichts."

„Es ist Alles geplant. Mach dir keine Sorgen", meinte Charly leise.

Plötzlich stand Highway vor den Beiden, „es geht um den Präsidenten."

„Woher?" fragte Charly.

Highway reichte Laren den Brief von Gonzo. Kurz überflog Laren den Zettel, sah dann Highway an, „wie geht es ihr?"

„Weiß ich nicht, aber Marty hat sich ein blaues Auge geholt“, grinste Highway, „Scherz beiseite. Sie hat ein größeres Problem.“

„Ich habe Gestern erfahren, dass es wirklich ein Serum gibt. Ob es ein Gegenmittel gibt, erfahre ich erst in einigen Stunden“, meinte James sorgenvoll, „du bist für die Sicherheit von Gonzo zuständig.“

Highway nickte, „ich bleibe solange hier!“

„Hol Sie daraus“, sagte Charly und sah Highway an, „Ela war deine beste Schülerin. Lass sie nicht im Stich.“

„Gonzo wird keinen Scheiß machen, dafür kenne ich sie zu gut“, brummte Highway.

James sah Highway ernst an, „mag sein, aber dieses Serum ist sehr gefährlich. Es kann das Gehirn zerstören.“

„Nicht bei Gonzo“, schüttelte Highway den Kopf, „irgendetwas ist mit ihr, was wir niemals herausfinden werden.“

Die drei Männer sprachen noch einige Zeit miteinander. Jetto unterdessen beobachtete das Haus, in dem Gonzo war. Gonzo sah aus dem Küchenfenster und grinste. Sie nahm zwei Dosen Bier und ging zu John der auf der Veranda stand und nachdachte. „Hast du einige Minuten Zeit für mich?“

„Immer, was hast du?“

Sie lächelte ihn an, „ich würde gern mit dir ein Bier trinken.“

Sie reichte ihm eine Dose. Er sah zu einer Häuserreihe, „wir werden beobachtet.“

„Ich weiß. Vor dem Haus ist meine Einheit und auf dem Dach da drüben, auf dem Fabrikgebäude, stehen zwei Mann von deiner Truppe.“

„Ist es nicht zu gefährlich?“

Gonzo stellte sich neben John, „was denn?“

John sah Gonzo an, „mein Boss mag es sicherlich nicht, wenn du und ich.“

„Wenn was?“ Gonzo trank einen Schluck.

„Ich weiß nicht wie ich es sagen soll.“

„Unser kleines Geheimnis bleibt doch in diesen vier Wänden. Ich werde Decker nicht enttäuschen.“

Er sah Gonzo traurig an, „aber du kannst doch nicht einfach den Präsidenten töten“, er atmete tief durch, „ich will dir doch helfen.“

„Trink einen Schluck“, Gonzo strich ihm am Arm entlang, „deine Truppe soll ruhig etwas sehen.“

John öffnete die Dose und trank. Ferdy hatte eine Nachricht bekommen und fuhr sofort zu dem Beobachtungsposten. Als er auf dem Dach angelangt war, griff Ferdy sich ein Fernglas und sah zum Haus. Gonzo sah zur Fabrik, fing an zu grinsen und stellte die Dose ab, „jetzt sind es Drei auf dem Dach.“

John drehte sich zu Gonzo, „war zu erwarten.“

Plötzlich griff Gonzo Johns Arm und zog ihn zu sich. John wehrte sich etwas, dann gab er nach. Er umfasste Gonzos Hüfte und küsste Gonzo. Ferdy wurde wütend und trat gegen die Wand, „es musste ja passieren. Der Plan wird nicht aufgehen.“

Gonzo zog John ins Haus. Im Flur blieb sie stehen, „bilde dir aber nichts darauf ein.“

„Es ist dein Plan. Morgen ist der Marsch und ich muss Decker Rede und Antwort stehen.“

Der Arzt gesellte sich zu den Beiden, „wenn es gut geht, wird Decker glauben, das Serum wirkt“, er sah Gonzo an, „soll ich wirklich die letzte Infusion machen?“

„Es geht nicht anders. Ich schaffe es schon.“

Rafaela bekam die letzte Infusion und es kehrte Ruhe ein.

Highway hatte doch ein Gegenmittel bekommen und kam bei Sonnenaufgang bei seinen Freunden an, „was Neues?“

„Nein. Jetto ist noch dort. Einstein ist auf dem Weg, ihn abzulösen.“

„Wir müssen Gonzo auf jedenfalls vor dem Marsch sprechen, egal wie“, dabei zeigte er ein Fläschchen. Plötzlich standen Jetto und Einstein bei den Beiden. „Ich weiß zwar nicht wie, aber der Pickup ist weg. Auch die Hunde“, sagte Jetto sauer.

„Dann haben wir ein Problem.“

„Welche Route nehmen unsere Leute mit dem Präsidenten?“ fragte Marty.

„Keine Ahnung, aber wir sollten die Zentrale informieren“, meinte Highway ernst.

Gemeinsam gingen sie zu den Fahrzeugen. Einstein blieb stehen und hielt Marty fest, „sie mal. Ein Oldtimer.“

Ein Plymouth fuhr auf den Parkplatz und ein Mann stieg aus. Er ging auf die vier Marschalls zu. „Hallo. Ist einer von euch zufällig Highway?“

„Ja ich“, Highway machte einige Schritte auf ihn zu.

„Ich bin John. Gonzo meinte, dass es wichtig sei.“

Jetto stellte sich neben John, „was hat so ein Ganove mit unserem Mädchen zu schaffen?“

„Später. Also“, John atmete schwer, „sie ist auf dem Weg zu einem Canyon. Ich soll sagen, Plan B ist erforderlich.“

Highway sprintete zu seinem Truck und machte Laren eine Meldung. Laren drückte, wie Highway ihm die Information durchgab, eine Taste, „danke. Plan B. OK. Sucht Gonzo und helft ihr. Ich sorge für alles andere."

John machte sich auf den Weg zu Decker, während die Marschalls Gonzo folgten. In der Zentrale machten sich die anderen Marschalls bereit. James stand auf dem Hof und wartete auf den Helikopter vom Weißen Haus. Charly suchte Rocco. Nachdem er Rocco gefunden hatte, meinte Charly, „da Marty mit einem anderen Einsatz beschäftigt ist, musst du den Wagen vom Präsidenten fahren."

„Warum?" fragte Rocco erstaunt, „ihr seid doch Alle der Meinung, dass ich feige bin."

„Schnee von gestern. Nun komm schon, du brauchst noch einige Sachen." Charly zog Rocco mit.

Der Helikopter war auch schon gelandet. James begrüßte den Gast und ging mit ihm ins Gebäude. „Ich muss ihnen noch etwas erklären. Es besteht der Verdacht, dass ein Attentat verübt werden soll."

„Dann sage ich Alles ab", sagte der Präsident entschlossen.

„Nein, Sir", Laren lächelte, „ich erkläre ihnen die Sachlage."

Rocco wurde eingewiesen, während Charly in seiner Werkstatt verschwand. Nach einer Stunde kamen Laren und der Präsidenten zu Rocco. „Das ist unser Rocco. Er wird sie fahren, Sir."

„Dann wird Alles in Ordnung sein", sagte der Präsident und gab Rocco die Hand.

„Ich werde mein Bestes geben, Sir", Rocco öffnete die Autotür.

James schlug ihm auf die Schulter, „ich vertraue dir. Halte dich genau an den Plan. Verstanden?"

„Ja, Sir. Ich werde die Einheit nicht enttäuschen."

Rocco fuhr vom Hof, begleitet von vier schwarzen Wagen. James lächelte und winkte Benny. Benny nickte und setzte sich mit einem weiter gepanzerten Fahrzeug in Bewegung. Kurz hielt er bei Laren. Er stieg ein, „erste Aktion erledigt."

„Und sie glauben, es fällt Niemanden auf?"

„Nein, Sir. Da sie erst in der Stadtmitte zu dem Marsch stoßen, kann es nicht auffallen. Wir mussten sowieso die Sache um zwei Stunden verschieben."

Der Präsident lächelte, „wer hat meine Rolle bekommen?"

„Unser Werkstattleiter", sagte James sehr nervös.

Benny fuhr jetzt los.

Gonzo hatte inzwischen den Ort erreicht, nahm das Gewehr, die Hunde und ging auf ihren Posten. Nachdem Gonzo endlich angekommen war, schraubte sie ihr Gewehr zusammen. Das Zielfernrohr justierte sie noch und sah dann hindurch. „Dann sehe ich mich mal um."

Sie sah durchs Zielfernrohr und beobachtete einige Rehe. Die vier Hunde lagen ganz in ihrer Nähe. Sie legte das Gewehr zur Seite, schrieb einen Zettel, rief Mischa und steckte diesen unter das Halsband von Mischa, „so Junge. Lauf und such Highway. Ich schätze, die Bande ist am Parkplatz." Mischa wedelte mit dem Schwanz, dann lief das Tier los. Gonzo bereit alles vor. Waffe laden, Fernglas und eine Flasche Wasser. Dann sah sie auf die Uhr, „jetzt müsste Decker alles wissen. Bin gespannt ob er kommt."

Sie setzte sich das Headset auf, „ist doch Quatsch. Mac ist doch gar nicht da."

„Doch, ich bin da."

„Mac, woher?"

„Ich bin hierher gebracht worden. Was ist eigentlich los?"

Kurz erklärte Gonzo die Sachlage.

„Du wirst doch nicht wirklich?“

„Oh doch! Keine andere Möglichkeit.“

„Aber.“

„Bitte Mac. Spiel mir ein wenig Tina Turner ein. Es wird schon gut gehen.“

Mac spielte die Musik ein. Die Zeit wollte einfach nicht umgehen. Sie sah sich nochmals die Gegend an. Nach unendlich langer Zeit entdeckte Gonzo auf der anderen Seite ein Fahrzeug. Sofort nahm sie ihr Gewehr und suchte das ganze Gebiet ab. Endlich entdeckte sie Decker und Ferdy, „na, wer sagst denn. Langsam weiß ich die nächsten Schritte des Kerls“, dann stockte ihr der Atem.

„So Junge. Wenn diese Frau nicht das tut was ich will, bringe ich dich um“, sagte Decker böse und sah zu Ferdy.

John zitterte am ganzen Körper, „wir haben Alles gemacht, was sie wollten.“

„Mag ja sein. Ferdy hat mir da etwas erzählt.“

Gonzo sah wie Ferdy John in die Knie zwang. „Na warte“, sagte Gonzo leise, hob das Gewehr, lud durch und schoss.

Die Kugel schlug vor den Füßen von Ferdy ein. Er sprang zurück. Decker nahm das Fernglas, „McKensey ist da.“

Ferdy wütend, „ich habe es bemerkt.“

„Lass John erstmal in Ruhe“, befahl Decker.

Gonzo grinste, „dass hat gewirkt.“

Plötzlich überschlugen sich die Ereignisse. Zuerst hörte Ela Motorengeräusche und lud ihr Gewehr erneut. Sie zielte auf die Straße, plötzlich knurrten die Hunde. Hasso sprang auf und rannte los. Highway konnte dem Tier nicht ausweichen. Das Tier riss ihn von den Beinen. Er lag auf dem Rücken, der Hund stand mit den Vorderpfoten auf seiner Brust und fletschte. Ohne in die Richtung zu sehen rief Gonzo, „aus, Hasso."

Der Hund kam zurück. Highway rappelte sich auf, „Gonzo hör auf!"

„Bleib in Deckung", sagte Gonzo ernst, „Decker ist auf der anderen Seite."

„Trotzdem kannst du nicht."

„Schnappt euch Decker. Ich versuche alles."

Highway bemerkte dass Gonzo voll auf dem Posten war und vertraute ihr.

Gonzo sagte ernst, „Mac, unterstütze die Jungs."

„Bin auf dem Weg."

Doch die Zeit reichte einfach nicht aus. Der Wagen des Präsidenten tauchte schon auf. „Hoffentlich klappt auch Plan B", dachte Gonzo und zielte auf die Reifen.

Nach dem ersten Schuss stellte sich der Wagen quer. Gonzo hatte schon nachgeladen und schoss ein zweites Mal. Rocco brach zusammen. Nach einem weiteren Treffer sackte der Präsident blutüberströmt zusammen. Decker packte zusammen, „weg hier und lass John." Ferdy und Decker stiegen in ein Fahrzeug.

„Ich kann keine Zeugen gebrauchen", sagte Gonzo ernst, zielte und schoss. Ela traf den vorderen Reifen. Der Wagen schleuderte und prallte gegen einen Baum. Decker und Ferdy kletterten aus dem qualmenden Wrack, liefen zurück zu John. Gonzo sah auf die Patrone, „du bist die Letzte."

Sie lud langsam das Gewehr, zielte und schoss. John brach blutend zusammen.

„Zurück", rief Ferdy, „dass geht schief."

Gonzo nahm eine neue Kiste mit Munition. Sie lud ganz langsam die Waffe und schoss wieder. Decker stürzte, „sie hat mir das Knie zerschossen."

Ferdy zog Decker hinter einen umgefallenen Baum, „dass ist nach hinten losgegangen. Sie will keine Zeugen."

„Daran habe ich nicht gedacht, Scheiße", brüllte Decker und schlug wütend gegen den Baumstamm.

 Gonzo sah drei Trucks und packte zusammen. Nach wenigen Minuten waren Ferdy und Decker festgenommen. Mehrere Rettungswagen waren auch schon da. John wurde abgedeckt. Einstein sah auf die andere Seite, „er hat ihr vertraut. Warum hat sie ihn erschossen?"

Gonzo hingegen war schon am Fahrzeug vom Präsidenten angekommen. Vorsichtig öffnete sie die Tür. Plötzlich griff eine Hand nach ihrem Arm, „wie gut, dass du zielen kannst."

„Charly?" sagte Gonzo erstaunt.

 Er zog die Maske ab, „scheiß warm."

Er lachte, stieg aus und nahm Gonzo in den Arm. „Deine spezielle Munition ist aber auch gut", Gonzo sah zum Fahrer, „holen wir ihn raus."

 Ein Rettungswagen hielt an, „brauchen Sie Hilfe?"

Charly nickte und die Sanitäter halfen Rocco aus dem Wagen zu ziehen. Highway und Jetto kamen auch dazu und staunten. „Charly?" meinte Highway genauso erstaunt wie vorher Gonzo.

Jetto zog Gonzo zu Seite, „warum musste dieser John sterben?"

„Ist er hier?" fragte Ela und sah Jetto strahlend an.

Erstaunt meinte Jetto, dabei zeigte er auf einen weiteren Rettungswagen, „im Rettungswagen!"

Sie lief um den Wagen und machte die Tür auf, stieg ein und setzte sich auf die Trage. Rocco wurde reingeschoben. Die Anderen sahen hinein. „John", sagte Gonzo leise, „wach auf."

„Er ist tot. Du hast gute Arbeit geleistet", sagte Jetto böse.

Gonzo sah die Männer an und lachte, „wie gut dass ihr nicht Alles wisst."

Plötzlich bewegte John sich. Gonzo nahm seine Hand. Er schlug die Augen auf, „du hast?"

„Ich muss mich entschuldigen, aber ich musste dich vor Decker schützen."

Er sah an sich runter, „und warum ist da überall Blut?"

„Das würde ich auch gerne wissen", meinte Highway. „Spezialmunition" lächelte Gonzo, „Charly kann es besser erklären."

Charly grinste nur. In diesem Moment kam auch Rocco zu sich. Gonzo gab John einen Kuss auf die Stirn, „dass ist deine zweite Chance, mach was daraus."

Dann sah sie zu Rocco, „gute Arbeit."

„Was ist eigentlich passiert?" fragte Rocco kleinlaut.

„Später, bleibt Beide liegen. Es wird noch einige Zeit schmerzen."

Sie stieg aus und schloss die Tür. Als ein zweiter Rettungswagen kam, fuhr der Erste los. Gonzo und Highway hielten den Wagen an. Gonzo öffnete die Heckklappe und sah rein. Decker wurde blass, „bringst es jetzt zu Ende, oder?"

Lächelnd gab Gonzo die Antwort, „ich bin nicht wie Sie, Decker. Ich hoffe, sie wissen jetzt Bescheid!"

Highway legte einen Arm auf Gonzos Schulter, „unsere Gonzo ist eine der Besten und hat es nicht nötig."

„Lass gut sein", sagte Gonzo, „er hat es begriffen."

Ferdy meinte wütend, „du hast uns Alle verschaukelt!"

„Vielleicht", meinte Gonzo und schmiss die Tür zu.

Highway nahm Gonzo an die Hand, „wir sollten James Bescheid geben."

Zusammen mit den Anderen fuhr Gonzo zum Marsch der schon begonnen hatte. An einem Punkt stellten sich Highway und Gonzo so hin, dass James sie sehen musste. James begrüßte die Beiden und hob den Daumen. Es gab keine weiteren Zwischenfälle. Charly brachte Gonzo zum Arzt. Zwei Tage später im Besprechungsraum. „So Leute, die Sache haben wir hinter uns gebracht. Der Präsident dankt Allen. Besonders Charly und Rocco."

Rocco sah verlegen zu Boden, „ich hab doch gar nicht getan."

Charly legte seine Hand auf seine Schulter, „du hast den Auftrag so erledigt, wie du es konntest. Aber Jeder muss etwas dazulernen."

„Da hat Charly recht", sagte Gonzo, die plötzlich im Raum stand. Sie gab Rocco die Hand, „und geht es wieder?"

Verlegen sah Rocco zu Boden, „noch nicht ganz, aber es ist auszuhalten."

Jetto sprang auf, „und? Was sagt der Doktor?"

„Alles in Ordnung. Ich darf weiter machen."

James sah in die Runde, „schön zu hören."

Er zog eine Tafel runter, „so, da Alles geklärt ist, würde ich jetzt Euch die noch offenen Aufträge durchsprechen."

„Ich fahre jedenfalls noch mal zum Reservat. Der Auftrag ist noch nicht erledigt."

„Aber nicht allein", mahnte Laren.

Fast alle Marschalls boten sich an.

„Highway?" fragte Laren.

Highway sah Gonzo an, „warum eigentlich nicht!"

„Sir, ich hatte."

„Nein, Miss McKensey", sagte Laren böse, „dieses Mal nicht. Verstanden?"

„Ja, Sir. Aber ich habe noch ein Problem."

„Welches?"

„Hasso, Brutus und Rex!" meinte Gonzo.

Charly umfasste die Hüfte von Gonzo, „darum kümmere ich mich gerne. Ich wollte immer schon Wachhunde haben."

„Dann komm!" Gonzo zog Charly mit sich.

In der Tür blieb sie stehen, drehte sich zu ihren Kollegen, „zwanzig Minuten?"

„OK!" nickte Highway und hob den Daumen.

Charly und Gonzo gingen zu den Tieren. Alle vier Hunde sprangen von der Ladefläche und rannten auf Gonzo zu. Sie sprangen und tobten um Gonzo herum. Nach zehn Minuten und einigen Leckerchen liefen die Tiere mit Charly mit.

„Gib der Bande viel Futter", rief Gonzo hinterher, „und Mischa lass ich auch da."

„Geht in Ordnung. Mach dir keine Gedanken darüber. Wir Fünf werden uns schon verstehen."

Gonzo ging zu Mac. Einstein saß auf dem Fahrersitz und schüttelte den Kopf, „Mac muss komplett überholt werden. Den hat man stümperhaft zusammen geschraubt."

Gonzo sah Einstein an, „dann halt dich ran. Ich brauche Mac schnellstmöglich."

„Ich bin doch auch noch da", sagte Highway.

Gonzo lächelte, „klar. Mal nicht selbst zufahren tut auch ganz gut."

Highway nahm Gonzo an die Hand, „dann los."

Beide stiegen in den Truck von Highway und fuhren vom Hof. Jetto sah dem Fahrzeug nach, „viel Glück Kumpel."

Bei der viertägigen Fahrt wechselten sich Gonzo und Highway regelmäßig ab. Während der Fahrt sprachen die Beiden über Decker und private Dinge. Am vierten Tag, es war später Nachmittag, fuhr Highway in Jacksonville rein und zur Tankstelle. Highway stellte den Truck neben einer Tanksäule ab. Beide stiegen aus und während Highway zum Tankwart ging betankte Gonzo den Truck, sah sich dabei um.

„Tag", sagte Highway als er den Verkaufsraum betrat. Der Tankwart sah auf, „hallo. Haben sie den Fahrer gefunden?"

Highway sah zu Gonzo, „ja. Danke nochmal für Ihre Hilfe."

Gonzo steckte den Zapfhahn zurück in die Säule und ging langsam auf das kleine Gebäude zu. Sie atmete durch, sah in den Verkaufsraum und meinte lächelnd, „bin fertig. Säule drei."

Der Tankwart kassierte, „ich wünsche noch eine gute Fahrt."

Highway nickte, drehte sich um und wollte den Laden verlassen, als er etwas entdeckte. Er sah zu Gonzo, nahm das kleine Teil aus dem Regal und ging zur Kasse zurück, „das nehme ich auch noch mit."

„Für die junge Dame?" lächelte der Tankwart.

Highway nickte wieder und lächelte. Gonzo kam noch mal zurück, „was ist Partner? Wir haben einen Auftrag."

„Ja, ja. Ich komme ja schon", grinste Highway und sah den Tankwart an, „nochmals Danke."

„Schon gut. Ich habe es gern gemacht."

Highway gab dem Mann die Hand. Gonzo stand am Truck. Als Highway endlich zum Truck kam, warf er Gonzo den Schlüssel zu, „so, ich wäre dann soweit."

„Sag mal, woher kennst du den Mann?" fragte Gonzo ernst.

Highway grinste, „neugierig?"

„Sag schon!" maulte Gonzo.

Er stieg ein, „ich erzähl es dir unterwegs."

Sie stieg auch in den Truck, startete den Motor und sah ihn dann erwartungsvoll an. Highway legte die Beine hoch und lächelte. Gonzo erfuhr auf der Fahrt zum Reservat die ganze Geschichte. Es war schon dunkel als die Beiden in einem kleinen Dorf ankamen. Während Highway eine Übernachtungsmöglichkeit suchte, unterhielt sich Gonzo mir einigen Bewohnern. So erfuhr sehr viel über die Wildpferde, ihren Problemen und wie es den Bewohnern der kleinen Stadt ging.

Gonzo sah sich um, dabei sagte sie ernst, „ich und mein Partner werde der Sache nachgehen."

„Kommen sie doch gleich rüber in die Kneipe", sagte ein älterer Mann, „dann können wir uns weiter darüber unterhalten."

„Ich komme gerne", lächelte Gonzo, sah auf die Uhr und ging zurück zum Truck. Highway wartete schon auf Gonzo.

„Was ist?" fragte Gonzo vorsichtig.

„Ich habe eine gute und eine schlechte Nachricht für dich."

„Fang mit der Guten an."

„Die Zentrale hat sich gemeldet. Mac ist auf dem Weg."

Gonzo sah Highway von der Seite an, „und die Schlechte?"

„Ich habe leider nur ein Zimmer bekommen."

Gonzo lachte auf, „was ist denn daran schlecht?"

Highway sah zum Truck, „in der Kiste kann nur eine Person schlafen und das ziemlich unbequem. Für Zwei reicht der Platz nicht."

Jetzt sah Gonzo Highway direkt in die Augen, „hat sich irgendetwas zwischen uns verändert?

Er schüttelte den Kopf, „ich wüsste nicht."

„Hast Du damit ein Problem, mit mir ein Bett zu teilen?"

„Auch nicht", grinste Highway.

„OK. Dann gehen wir Beide jetzt etwas essen, reden noch ein wenig mit den Bewohnern und gehen dann schlafen", sie zog Highway mit in die kleine Kneipe. Beide setzten sich an einen Tisch und der Wirt brachte einen riesigen Topf mit Chili. Nachdem Essen gingen die beiden Marschalls an die Theke und nach einiger Zeit waren viele Einheimischen bei ihnen. Dadurch bekamen die Beiden weitere wertvolle Informationen. Gonzo bekam sehr viele Tequila ausgegeben. Kurz nach Mitternacht brachte Highway Gonzo aufs Zimmer. Mit sehr viel Widerstand ging Gonzo mit. Nach unendlich langen Minuten hatte er endlich Gonzo im Zimmer. Sie fiel aufs Bett. Highway zog ihr die Stiefel aus, nahm den Waffengurt ab, legte ihn auf den kleinen Tisch und wuchtete Ela richtig aufs Bett. Dann zog er auch die Stiefel aus, legte seine Waffe auch auf den Tisch und legte sich vorsichtig neben Gonzo. Er sah sie an und dachte, „warum komme ich einfach nicht von ihr los."

Plötzlich drehte sich Gonzo um und legte ihre Hand auf seine Brust. Er lächelte, nahm die Hand und schlief dann auch ein. Gonzo wachte am Morgen vom Kaffeegeruch auf. Highway hielt ihr einen großen Becher hin, „Na Kleene, wie geht es dir?"

„Mein Schädel brummt mächtig. War gestern irgendetwas?"

Er reichte ihr grinsend einen Kaffee, „nicht viel. Außer, dass du den ganzen Abend Tequila getrunken hast."

„Ich kann das Zeug überhaupt nicht vertragen", Gonzo setzte sich auf, nahm den Becher und trank einen Schluck, „sonst noch was? Hab ich irgendetwas angestellt?"

„Wie meinst du das?" lächelte Highway.

Sie stellte den Becher ab, „du weißt schon!"

Er lachte, „leider nein. Du hast sofort geschlafen."

Sie sah ihn aus dem Augenwinkel an, „wirklich?"

„Ja und jetzt auf. Wir haben noch einiges vor."

Gonzo stand auf und verschwand im Badezimmer. Nach wenigen Minuten rief sie, „kannst du mir bitte ein neues T-Shirt reinreichen?"

„Natürlich", er nahm ein neues T-Shirt aus der Tasche und legte es zu den anderen Sachen, „sonst noch was?"

„Hast du einen Moment Zeit, Dicker?"

„Für dich immer, Kleine."

„Dann komm rein."

„Wir sollten."

„Auf eine Stunde mehr oder weniger kommt es doch auch nicht an, oder?"

Ein zweites Mal ließ Highway sich bitten. Er schloss dir Tür. Sie legte ihre Arme um seinen Hals, „es ist gut, dass wir Beide uns so gut verstehen, John."

Er küsste Sie am Hals, „da hast du Recht", und zog den Vorhang zu.

Zwei Stunden später bezahlte Highway die Rechnung, während Gonzo die Sachen im Truck verstaute.

„Wie gehen wir jetzt vor?" fragte Highway als er zum Truck kam.

„Hast du dein Zweitfahrzeug dabei?"

Er nickte fragen, „ja!"

„Gut. Getrennte Wege", Ela nahm eine Karte, „ich werde mir die Gegend am Canyon ansehen und schlage vor, du siehst dich auf der anderen Seite um."

„OK. Aber der Boss wollte eigentlich."

Gonzo packte die Karte ein, „wir müssen diesen Auftrag erledigen und ich habe nicht unendlich viel Zeit."

Sie machte das Führerhaus auf und griff nach ihrer Tasche. Highway öffnete den Trailer und holte den Sportwagen raus. Gonzo packte die Tasche auf den Beifahrersitz, nahm das Headset und gab Highway einen Kuss, „jede Stunde melde ich mich."

Highway griff nach ihrer Hand, „hier für dich, damit du mich nicht vergisst", und gab ihr einen Schlüsselanhänger in einer Herzform.

Sie lächelte, „danke."

Gonzo stieg ein und fuhr los. Auch Highway machte sich auf den Weg. Gonzo war nach zwei Stunden am Canyon und sah sich um. Dabei entdeckte sie eine Mine. Gonzo setzte ihr Headset auf, „Highway, hörst du?"

„Was gibt es?" antwortete Highway und fuhr dabei auf einen Parkplatz.

„Ich habe eine Mine entdeckt. Gehe jetzt rein."

„Warte, ich komme zu dir", antwortete Highway.

„Ist schon gut. Ich melde mich gleich wieder!"

Highway nahm das Headset ab, warf es auf das Armaturenbrett, „wieder ein Alleingang. Sie kann es nicht lassen."

Er nahm sein Fernglas, stieg aus und sah sich die Gegend an. Dabei entdeckte er eine Wildpferdherde, „die Pferde sind in Panik. Irgendetwas hat die Tiere aufgescheucht", dachte Highway und versuchte Gonzo zu erwischen. Doch Gonzo antwortete nicht.

Inzwischen hatte Gonzo die Mine betreten und sah etwas Grauenhaftes. Sie sah sich vorsichtig die Geräte an, „hier werden doch Tiere geschlachtet. Jetzt wird mir Vieles klar."

Sie rannte zu Ausgang und hörte lautes Wiehern. Sofort suchte Gonzo Deckung. Plötzlich meldete sich Highway, „Gonzo, melde dich endlich!"

„Was ist denn los?"

„Ich versuche dich schon eine halbe Stunde zu erreichen. Ich habe eine Herde gesehen und sie laufen in deine Richtung."

Gonzo sah die Pferde kommen, „komm sofort zu mir. Die Tiere sollen in der Mine getötet werden. Brauche dringend deine Hilfe."

„Mache mich sofort auf den Weg."

Gonzo sah plötzlich viele Männer, die die Pferde in die Mine trieben. Einige Minuten wartete Gonzo und schlich dann den Männern nach.

„Wenn wir die Viecher erledigt haben, müssen wir mal eine Pause machen", sagte einer der Männer.

„Der Boss will aber alle Tiere hier weg haben. Du weißt doch, was er vorhat."

„Ja, ja. Wieder ein Clubhotel. Aber es ist nicht richtig."

„Was willst du denn. Du bekommst doch richtig viel Knete, um die Pferde hierher zu bringen."

Der Mann, in verdreckten Klamotten, nickte.

„Und den Rest erledigen die Metzger. Jetzt verschwinde."

In Gonzo kochte es, „euch werde ich das Handwerk legen."

Highway packte zur gleichen Zeit seine Sachen, als plötzlich ein Fahrzeug anhielt.

Der Fahrer fragte ernst, „Probleme?"

Highway sah den Fahrer an, „nein. Nur eine Pause."

„Kannst du einen Job gebrauchen? Ich brauche noch einen Fahrer."

„Was für ein Job", fragte Highway und verstaute das Fernglas.

„Pferdefleisch!"

„Keine Kühlung."

„Macht nichts. 1000 Dollar für zwei Stunden Fahrt."

Highway überlegte nicht lange, „warum nicht. Habe den Trailer gerade leer."

Der Fahrer sah Highway an, „OK. Fahr hinter mir her."

Highway stieg ein und folgte dem Fahrzeug. Plötzlich meldete sich Gonzo, „wo bleibst du denn?"

„Ich bin auf dem Weg", sagte Highway und informierte Gonzo über die Begegnung.

„Ich versuche inzwischen die Tiere zu befreien."

„Sei bitte vorsichtig. Ende."

Gonzo bemerkte, dass die Männer die Mine verlassen hatte, „versprochen. Ende." Ohne Geräusche zumachen, schlich Gonzo zu den Pferden. „Die Tiere haben aber ganz schön Angst", dachte

Gonzo und öffnete das Gatter. Doch die Tiere blieben wo sie waren. Gonzo sah den weißen Hengst und ging langsam auf ihn zu, „du musst deine Herde hier raus bringen!"

Der Hengst ging einige Schritte zurück. Gonzo blieb stehen, „nun mach schon, ich will euch nichts Böses."

Plötzlich trabte der Hengst an und blieb vor Gonzo stehen. Sie machte keine Bewegung, „nun hau schon ab!"

Er bäumte und galoppierte los. Die gesamte Herde hinterher. Gonzo hingegen lief so schnell sie konnte wieder in Deckung. Sie hörte, wie die Männer vor der Mine fluchten.

„Da muss Jemand in der Mine sein. Das Gatter öffnet sich nicht von allein."

Vorsichtig schlich Gonzo weiter. Doch bevor Gonzo reagieren konnte, hatten zwei Männer Ela entdeckt. Mit einem Faustschlag wurde Gonzo ruhig gestellt.

„Bringt die Frau raus", befahl Einer.

Zwei Männer schleppten Gonzo aus der Mine. Die beiden Männer legten Gonzo auf die Ladefläche eines Jeeps. Goliath, einer der Tierfänger, stieg ein und fuhr los. Zur gleichen Zeit kamen ein Fahrzeug und ein Truck vorgefahren. Highway sah wie ein Jeep von der Mine wegfuhr.

„Was geht denn hier vor?"

„Wir haben Besuch gehabt, Boss. Eine Frau hat die Tiere befreit, aber wir konnten sie ausschalten. Goliath bringt sie schon zur Teufelsschlucht. Alle Spuren wären dann beseitigt."

Der Fremde sah die Männer an, „dann fangt die Biester wieder ein."

„Sir, wer ist das?"

„Ein Fahrer", er drehte sich zu Highway, „tut mir leid, aber den Job muss ich."

Highway hatte so etwas geahnt und hatte unterwegs die hiesige Polizei benachrichtig. Highway grinste, „aus dem Job wird wohl nichts!"

„Tut mir leid, aber wenn du willst, kannst du Morgen noch mal vorbeikommen."

„Nein Danke. Ich mache lieber einen richtigen Job!" Highway stieg mit der entsicherten Waffe im Anschlag aus.

„Was soll das denn jetzt?"

„Ich hatte mich noch gar nicht vorgestellt. Highway, US-Marschall, Spezialeinheit."

Einer der Tierfänger grinste, „du kannst uns Alle nicht gleichzeitig festnehmen."

„Stimmt!" grinste Highway und zeigte dabei in eine Richtung, „aber meine Kollegen können es."

Plötzlich fuhren mehrere Polizeifahrzeuge auf die Männer zu. Alle wurden ohne nennenswerten Widerstand, festgenommen. Sofort begannen die Sheriffs mit der Befragung. Auch Highway schnappte sich einen Mann und versuchte etwas über Gonzo heraus zu bekommen. Langsam ging die Sonne unter und noch immer hatte Highway keine Informationen über Gonzo erhalten. Als dann der Jeep auftauchte wurde auch Goliath festgenommen, aber auch er schwieg.

 In der Teufelsschlucht kam Gonzo zu sich. Sie rappelte sich auf und ging langsam los, „hoffentlich hatte Highway mehr Glück."

Sie versuchte die Spur des Jeeps zu folgen. Leider wurde der Weg immer steiniger. Dann verlor Gonzo die Spur. Es dämmerte schon und Gonzo hatte die komplette Orientierung verloren. Plötzlich knackte ein Ast hinter ihr. Sie drehte sich blitzschnell um und sah den weißen Hengst. Langsam kam er auf sie zu. Rafaela atmete durch, „Gott sei Dank, euch haben die Gangster nicht bekommen." Der Hengst blieb stehen und blähte die Nüstern. Gonzo war sich überhaupt nicht mehr sicher, ob der Hengst sie nicht doch noch angreifen würde. Langsam ging Gonzo einige Schritte von dem Tier weg. Der Hengst trabte an und blieb plötzlich neben Gonzo stehen. Gonzo wich noch einige Schritte zurück, „na Junge."

Der Hengst schubste sie mit dem Kopf an. Leise fragte Gonzo, „ich soll dir folgen?"

Der Hengst ging langsam los.

„Ein neuer Freund", dachte Gonzo und folgte dem Tier. Langsam kam Gonzo aus der Schlucht.

An der Mine waren einige Bewohner des Reservates aufgetaucht. Ein alter Indianer setzte sich auf einem Felsen, sah schweigend in die Richtung der Teufelsschlucht und stützte sich dabei auf seinem langen Stab. Die anderen Indianer setzten sich in die Nähe und schwiegen auch. Highway beobachtete die Leute und besprach das weitere Vorgehen mit den Beamten.

„Wenn der Kerl die Wahrheit gesagt hat und ihre Partnerin noch lebt sollten wir beide Schluchten absuchen. Beide Schluchten sind in dreißig Minuten zu erreichen", meinte ein Sheriff.

„Wir sollten nicht solange reden. Vielleicht braucht Gonzo dringend Hilfe", sagte Highway sichtlich nervös.

Plötzlich hörten die Männer in der Ferne ein Donnern. Dann tauchte die Herde auf und galoppierten an den Männern vorbei. Aufgeregt liefen die Tiere an der Mine durcheinander. Die Beamten hielten sich vorsichtig aus der Reichweite der Hufe.

„Da ist der Hengst", rief der Sheriff.

Highway sah in die gezeigte Richtung. Der weiße Hengst tauchte auf und dann auch eine Person. Highway erkannte Gonzo, die neben dem Hengst ging. Zehn Meter vor Highway blieb der Hengst stehen. Gonzo lächelte und strich dem Hengst durch die Mähne.

„Danke Weißer. Bring dich und deine Herde in Sicherheit. Ich werde irgendwann vorbei schauen", flüsterte Gonzo.

Der Hengst wieherte, bäumte und galoppierte davon. Die gesamte Herde hinterher. Alle sahen den Tieren nach. Der alte Indianer stand auf und ging langsam auf Highway und dem Sheriff zu.

„Alles in Ordnung?" fragte Highway besorgt als Ela vor ihm stand. „Ein bisschen Kopfschmerz aber sonst ist Alles klar", antwortete Gonzo.

Ein Beamter gab Gonzo eine Feldflasche, „wie haben sie überhaupt zurückgefunden?"

Gonzo sah den Mann an, „der Hengst hat mich hierher geführt. Auch wenn sie es mir nicht glauben."

Alle sahen der Staubwolke nach. Der alter Indianer stellte sich neben Gonzo und sagte, „es heißt in einer Legende: ein Mensch, der wie ein Tier fühlt, wird den Wildpferden die Freiheit wieder geben und ein weißer Hengst bringt diesen Menschen zurück ins Leben. Ich glaube ihnen jedes Wort." Er gab Gonzo die Hand, „ich werde alles in meiner Macht stehen tun um dieser Herde zu helfen."

„Auch ich werde alles versuchen dieser Herde die Heimat zu erhalten", sagte Gonzo leise.

Highway legte seine Hand auf die Schulter, „Gonzo, wir sollten langsam."

„OK", Gonzo sah Highway erwartungsvoll an, „und hat sich Charly gemeldet?"

„Entschuldige bitte, aber du hattest gerade“, Highway sah Gonzo an und sie bekam kleine Augen, „Mac ist Morgenfrüh in der Stadt.“

„Dann los, ich möchte noch etwas gegen mein blaues Auge tun.“

Highway öffnete die Beifahrertür, „dann steig ein.“

Der Sheriff kam dazu, „ich brauche aber noch eine Aussage, Mam.“

„Ich komme vorbei“, sagte Ela ernst und stieg ein.

Highway gab dem Sheriff die Hand, „ich auch.“

Highway stieg ein und fuhr los, „sollen wir uns wieder ein Zimmer nehmen?“

„Nein, nicht nötig. Es ist ein schöner Sommertag und es ist sehr warm. Lass uns ein ruhiges Plätzchen außerhalb suchen.“

„Wie du meinst“, brummte Highway und fuhr in die Stadt.

Highway hielt noch kurz an einer Apotheke und Gonzo besorgte sich schnell etwas gegen das schmerzende Auge. Nachdem Beide die Karte studiert und einen Campingplatz gefunden hatten, machten sich die Beiden auf den Weg. Nachdem sie den Campingplatz erreicht und sich ein gemütliches Plätzchen ausgesucht hatten, sah Highway seine Partnerin an, „bleiben wir hier?“

Gonzo nickte und stieg aus. Highway holte aus dem Trailer einige Decken und einen kleinen Gaskocher. Gonzo staunte, „dass machst du aber nicht zum ersten Mal.“

Er grinste, „klar, aber es schläft sich eben doch besser in einem richtigen Bett.“

Sie grinste und kramte die Salbe aus der Westentasche. Highway hielt die Hand hin, „darf ich?“

Sie gab Highway die Salbe, „klar.“

Vorsichtig rieb er die Salbe um das Auge. Die Sonne ging langsam unter und Beide lagen auf den Decken. Ela sah in den Himmel und Highway beobachtete sie.

„Ich habe eine Frage?" sagte Gonzo plötzlich.

Er drehte sich auf den Rücken, „frag!"

„Ich habe in drei Wochen ein Jahrgangstreffen in Fort Lauderdale. Würdest du mich vielleicht begleiten?"

„Mach ich!"

Gonzo drehte sich zu Highway, „wirklich?"

Er sah in den Himmel und lächelte, „wenn ich es doch sage. Nur muss ich noch Urlaub anmelden und auch noch bekommen."

„Danke. Ich habe keine Lust, allein dorthin zufahren."

„Ich würde jetzt gerne schlafen. Ist sonst noch was?"

Gonzo beugte sich über Highway und gab ihm einen Kuss, „nein."

Nach einigen Minuten waren Beide eingeschlafen. Am nächsten Morgen packten Highway und Gonzo die Sachen zusammen. Während Gonzo die Sachen im Trailer verstaute, sah Highway zu ihr, „wartest du auf Mac?"

„Ich hoffe, du bleibst auch solange!"

„Ich muss zurück. Aber ich kläre sofort mit dem Urlaub und du?"

„Ich muss noch dem Sheriff einen Bericht geben. Ein oder zwei Tage bleibe ich noch, dann melde ich mich in der Zentrale."

Er zog Gonzo zu sich, „aber nicht wieder verschwinden."

Sie lächelte, „ich passe doppelt auf, auch mit nur einem Auge."

Er küsste Ela innig, stieg dann in seinen Truck, „ich bin immer für dich zu erreichen."

Gonzo hob die Hand, „ist gut."

Highway legte den Gang ein und fuhr los. Gonzo sah ihm noch lange nach, machte sich dann auf den Weg in die Stadt. Nachdem sie die Pferdediebe bei einer Gegenüberstellung wieder erkannt und den Bericht geschrieben hatte, besorgte Gonzo sich noch ein wenig Proviant. Kurz darauf erschien Mac. Sie packte die Lebensmittel in den Truck, „es ist toll, dass du wieder voll einsatzfähig bist."

„Einstein hat noch etwas nachgebessert."

„Wir fahren noch kurz ins Reservat. Ich muss noch eine Kleinigkeit besprechen." Sie fuhr los. Nach einigen Meilen kam sie an einem kleinen Dorf an und parkte Mac am Rande, „bin sofort wieder da."

Mac meldete, „bleibe auf Überwachung."

Der alte Indianer freute sich, dass Gonzo gekommen war. Nach einem Gespräch, was zwei Stunden dauerte, machte sich Gonzo auf den Heimweg. Gedankenverloren sah Gonzo auf die Straße. Nach kurzer Zeit sagte sie leise, „hoffentlich lässt man die Herde auch in Ruhe."

Plötzlich meldete sich Mac, „Gonzo! Auf zehn Uhr."

Gonzo sah in die Richtung und sah den Hengst. Sie fuhr an den Rand und stieg aus. Langsam ging sie über die Straße und auf den Hengst zu. Er galoppierte den Hang hinunter und blieb kurz vor Gonzo stehen. „Er will sich verabschieden", dachte Gonzo. Der Hengst schüttelte den Kopf und schnaubte. „Bleib von den Menschen weg, Weißer. Ich muss jetzt zurück in meine Welt, vielleicht sehen wir uns nie wieder." Plötzlich legte der Hengst seinen Kopf auf Gonzos Schulter und blies leise durch die Nüster. Minutenlang standen Beide regungslos vor dem Felsmassiv, dann hob der Hengst seinen Kopf, bäumte und galoppierte davon. Gonzo winkten dem Tier nach, „mach es gut." Dann drehte sie sich um und ging langsam zurück zum Truck.

„Warum weinst Du?" fragte Mac.

„Weil ich glücklich bin."

„Glücklich?"

„Der Hengst hat einige Augenblicke seine Freiheit aufgegeben. Ich glaube, er hat mir so auf seine Weise Danke gesagt. Jetzt aber Schluss und ab nach Hause."

„Es ist gerade eine Nachricht von Highway eingegangen."

Gonzo stieg ein, „raus damit."

„Ich verstehe die Nachricht aber nicht. Zehn Tage!"

„Mac. Ich habe doch dieses Jahrgangstreffen und Highway begleitet mich dorthin."

„Ich bin doch auch noch da?"

Gonzo grinste, „kannst du tanzen?"

„Habe verstanden. Bin ich denn auch eingeplant?"

„Eigentlich schon, nur wirst du nicht so ganz in meiner Nähe sein. Aber ich möchte, dass du immer auf Überwachung bleibst."

„OK.", meldete Mac.

„Ab nach Hause", sagte Gonzo ernst.

Mac übernahm die Kontrolle und nach drei Tagen, mit kurzen Pausen, fuhr der Gonzo wieder auf den Hof der Einheit. Ela brachte ihren Bericht zu Büro, sprach kurz mit dem General und bekam dann den langersehnten Urlaub.

Irgendwo auf dem Atlantik wurden mehrere kleine Kisten von einem Containerschiff auf eine Jacht umgeladen. Die Aktion dauerte mehrere Stunden. Der Kapitän bekam von einer gutaussehenden Frau einen Umschlag. Als das Umladen der Fracht erledigt war, stiegen die Männer auf die Jacht um. Die Frau folgte ihnen, dann verschwand die Jacht in der Dunkelheit.

Einige Seemeilen entfernt waren zwei junge Männer beim Nachttauchen. Die Sonne kam über den Horizont und die beiden Männer stiegen an Bord. „Ich verstehe das nicht! Wir hätten dieses verdammte Wrack doch finden müssen!"

Steven stellte die Sauerstoffflasche ab, „beruhige dich, Ashton. Vielleicht haben wir bei der Strömung einen Berechnungsfehler gemacht. Lass uns Morgen weiter suchen." Steven brachte die Taucherausrüstung unter Deck. Als er wieder an Deck kam meinte Ashton erstaunt, „du trägst das Kleeblatt auch noch?"

Steven griff sich an die Kette, „warum auch nicht? Ich muss in letzter Zeit öfters an die alten Tage denken. Ob Rafaela auch zum Treffen kommt?"

Ashton setzte sich an die Reling, „wenn sie noch lebt, bestimmt."

Steven holte einige Dosen Bier und gab Ashton auch eine Dose, „sie war toll, eine richtige Freundin. Schade, dass wir den Kontakt zu ihr verloren haben."

„Weißt du noch wie Ela fertig war, als Gabrielle ihr den Freund ausgespannt hatte?" fragte Ashton.

Steven nickte, „und wie dieses Biest gelacht hatte, als Jonny vom Dach der Schule gesprungen war."

Ashton sah auf den Ozean, „ich weiß nicht mehr, wie es dazu gekommen ist!"

„Diese Gabrielle war doch die Schönste auf der Schule. Wir Alle haben diese Frau angehimmelt und hätten doch Alles dafür getan, nur um bei ihr in der Nähe sein zu können.“

„Aber hat Ela von Anfang an nicht leiden können“, meinte Steven und trank einen Schluck aus der Dose, „und als Ela dann mit diesem Jonny zusammen kam, drehte Gabrielle komplett durch.“

Ashton sah Steven an, „genau. Sie hat es nicht verstehen können, dass der schönste Junge der Schule sich mit der, wie sagte Gabrielle immer, fetten Kuh zusammen sein wollte.“

„Aber wie hat Gabrielle Jonny dazu bekommen, Ela fallen zu lassen?“

„Geld. Und nachdem sie es geschafft hatte, ließ sie Jonny einfach fallen. Mit dieser Situation ist Jonny nicht klar gekommen.“

„Jetzt fällt es mir wieder ein. Sie hat ihn dann auch noch blamiert. Ela wollte Jonny auch noch helfen und bekam dann auch noch den Spott der Anderen ab. Ob es Ela vergessen hat?“

„Ich kann mich genau noch daran erinnern, wie wir Beide Ela wieder aufgebaut haben. Sie hatte auch aufgegeben.“

Steven machte die nächste Dose auf, „und alle anderen haben uns plötzlich das Kleeblatt genannt. Selbst Gabrielle konnte unsere Freundschaft nicht mehr kaputt machen.“

Plötzlich holte Ashton sein Blatt hervor, „wir haben uns am letzten Schultag ewige Freundschaft geschworen.“

Steven packte einige Dinge in eine Kiste, „ob Ela immer noch unser Pummelchen ist?“

„Wir werden es bald erfahren. Fahren wir zurück?“

Steven startete den Motor, „auf nach Fort Lauderdale.“

In Washington stand die Sonne hoch. Gonzo saß auf ihrem Bett und kramte in einer großen Schachtel.

„Ob die Brüder auch kommen? Ich würde sie gerne mal wieder sehen", dachte Gonzo und sah sich einige Fotos an.

Sie packte Alles wieder in die Kiste und verstaute sie wieder in den Schrank. Dann nahm sie ihre Tasche und ging zum Truck. Mac hatte die Motoren schon hochgefahren und Gonzo gab die Adresse ein.

„Die schnellste Route?" fragte der Computer.

„Ja, Mac und hast du die Nachricht an Highway weiter gegeben?"

„Natürlich, Gonzo! Einstein hat sie entgegen genommen."

Gonzo fuhr los, „dann wollen wir mal!"

Highway wurde zum Boss gerufen, „sie wollten mich sprechen, Boss?"

Laren sah auf, „ja. Setzten dich sich bitte."

Highway nahm sich einen Stuhl.

„Du hast Urlaub angemeldet?"

Highway sah seinen Boss fragend an, „ja. Warum?"

„Was hast du vor?"

Highway war sich nicht sicher, ob er seinem Boss die Wahrheit sagen sollte und druckste rum, „eigentlich nichts Besonderes!"

Laren sah ihn ernst an, „Wirklich? Ich glaube es hat mit einer gewissen Frau zutun!"

„Natürlich", brummte Highway.

„Und es soll nach Fort Lauderdahle gehen?" fragte James und sah Highway böse an.

Highway nickte, „ja, Sir."

Laren begann zu lächeln, „hier." Er gab Highway eine Akte, „ich möchte, dass du die Augen aufhalten. Jetto ist schon einige Tage dort und arbeitet an einem Fall. Die besagte Person ist eine Gabrielle Brigdes, scheint ein Drogenkurier zu sein, oder zumindest damit zu tun zu haben."

Erstaunt fragte Highway, „was hat es mit Gonzo zu tun?"

„Diese Frau ist auch auf dem Treffen und Gonzo hat mit ihr eine schlechte Erfahrung gemacht. Steht aber Alles in der Akte."

Highway schüttelte den Kopf, „also kein Urlaub."

„Doch, außer Jetto braucht Hilfe. Einverstanden?" sagte Laren ernst.

„OK. Darauf kann ich mich einlassen", Highway stellte den Stuhl in die Ecke, „und weiß Gonzo davon?"

„Nein und es sollte auch so bleiben."

„Habe verstanden", nickte Highway und verließ das Büro. Auf dem Flur traf er mit Einstein zusammen.

Einstein lächelte, „gut dass ich dich treffe. Hab eine Nachricht von Gonzo für dich." Er gab ihm einen Zettel, „du bist schon ein Glückspilz."

Highway sah Einstein an, „wieso?"

„Na ja, bei dem Hotel!"

Highway sah auf den Zettel, „ach so. Ich helfe nur aus!"

„So nennt man das jetzt", grinste Einstein.

„War immer ein bisschen besser wie ihr", lächelte Highway.

„Das werden wir ja noch sehen."

Highway gab Einstein die Hand und meinte, „wir sehen uns in Fort Lauderdale."

Einstein nickte und ging dann ins Büro.

Gonzo kam gerade in Fort Lauderdale an und bezog das Zimmer. Nachdem sie ihre Sachen abgestellt hatte sah Gonzo aus dem Fenster, „nicht schlecht. Pool, Jachthafen, Bar. Langweilig wird es hier bestimmt nicht.“

Gonzo hatte ihren Truck einige Meile außerhalb abgestellt und er war auf Überwachung. Die neue Technik machte ihre Arbeit sehr gut.

Gonzo zog sich um, „braucht ja nicht Jeder wissen, was so ich mache.“ Nach einigen Minuten ging Gonzo runter und sah sich einige Zeit auf der Promenade um. Sie entdeckte einen alten Bekannten und ging lächelnd auf ihn zu. Sie tippte ihm auf die Schulter, „hallo.“

Charls drehte sich um und sah Gonzo fragend an, „ja?“

„Erkennst du mich nicht?“

„Rafaela McKensey?“ fragte Charls ungläubig.

Gonzo nickte lächelnd.

„Mensch, siehst du gut aus“, er nahm Gonzo in den Arm.

„Danke, du aber auch.“

Charls hackte sich bei Gonzo ein, „du bist aber zu früh. Das Treffen beginnt doch erst in einer Woche.“

„Ich habe seit langem Urlaub bekommen und wollte erst noch einige Tage ausspannen. Außerdem kommt noch mein Partner.“

„Schön, aber hättest du Lust mit raus zufahren?“ fragte Charls.

„Ich habe eigentlich nichts vor. Warum nicht!“

Charls zog Gonzo mit sich zum Jachthafen. Bei einer großen Jacht blieb er stehen, „was sagst du?“

„Ganz schön groß“, meinte Gonzo erstaunt.

Plötzlich tauchte eine Frau auf, „hallo Charls. Wen hast du denn da mitgebracht?"

Gonzo gab der Frau die Hand, „Christine?"

Verdattert antwortete Christine, „ja, aber ich." Plötzlich erkannte sie Gonzo, „Rafaela! Mensch, du siehst gut aus." Sie nahm Gonzo in den Arm, „ich habe gestern noch zu Charls gesagt, dass du nicht kommst."

„Warum sollte ich mir diese Geschichte entgehen lassen?"

„Kommt, ich will los", forderte Charls die beiden Frauen auf.

Zusammen gingen sie an Bord. Charls löste die Taue und startete dann den Motor. Nachdem Gonzo sich am Heck hingesetzt hatte fragte sie, „ihr Zwei seit?"

„Seit vier Jahren. Keine Kinder, ein Weingut und eine kleine Bar", antwortete Christine.

„Das Weingut war immer dein Traum gewesen", meinte Ela leise.

Christine stand auf, „möchtest du was trinken?"

Ela nickte lächelnd, „gerne."

Nachdem Christine zurück war, fragte sie, „was hast du in den letzten Jahren getrieben?"

„Och, nichts Besonderes", lächelte Ela, „die Farm meiner Eltern wieder aufgebaut, einige Zeit in Tibet verbracht und die Polizei-schule besucht."

„Und?" fragte Christine.

„Und was?"

Charls meinte, „Streifendienst!"

„Nein. Bin bei einer Spezialeinheit und mache Personenschutz."

Charls grinste, „kann ich dich anheuern?"

„Nein. Bin Zurzeit beschäftigt."

Charls hatte inzwischen geankert, „genug geredet. Hat Jemand Lust auf einen Tauchgang?"

Gonzo sah die Beiden an, „gerne."

Christine gab Gonzo eine Ausrüstung. Ela zog den Taucheranzug an, schulterte die Flasche und setzte sich auf den Rand. Charls gab ihr die Flossen und Maske. Ela sah Christine an und setzte die Maske auf, dann glitt sie ins Wasser. Charls und Christine folgten ihr. Zusammen mit Charls und Christine, tauchte Ela zu einem kleinen Riff.

Kurz vor der Dämmerung kam Charls und seine Begleitung in den Hafen zurück. Sie verabredeten sich für den nächsten Tag. Gonzo ging auf ihr Zimmer, duschte, setzte sich auf das Sofa und schlief sofort ein. Am frühen Morgen war Gonzo schon wieder auf den Beinen und joggte zu Mac. Als sie dort ankam öffnete sie die Fahrertür und stieg ein, „Guten Morgen. Hast du etwas?"

„Nein, nichts wichtiges."

„Hat sich die Zentrale gemeldet?"

„Warum sollten sie sich melden? Du hast doch schließlich Urlaub."

„Ich hatte nur gedacht, ach egal."

„Du machst dir über etwas Gedanken?" fragte Mac.

„Wie kommst du denn darauf?"

„Ich kann deine Vitalwerte."

„Ich habe einfach gehofft, Highway hätte sich inzwischen gemeldet."

„Er ist auf dem Weg", antwortete Mac.

„Danke, ich bin immer zu erreichen", dabei stieg sie wieder aus. Ela schloss die Tür und Mac sicherte sofort. Sie joggte zurück und traf mit Marty zusammen. „Was machst du denn hier?" fragte Gonzo erstaunt.

„Ein Auftrag und du?"

Gonzo sah sich um, „Urlaub."

„Mensch hast du es gut. Sehen wir uns Mal?"

„Warum nicht. Ich wohne im Hilton und bin eigentlich immer über Handy erreichbar", Gonzo gab ihm die Hand, „ist sonst noch Jemand von unserer Truppe hier?"

„Ich bin weg", wich Marty aus, ging über die Straße und stieg in seinen alten Wagen.

Gonzo lächelte, „ich werde es heraus bekommen, mein Freund."

Sie ging zurück zum Hotel. Sie holte ihre Sachen und ging zur Promenade. Christine wartete schon auf Gonzo, „da bist du ja endlich. Hast du es vergessen?"

„Nein, aber ich habe einen Bekannten getroffen."

„Dann los. Charls wartet schon." Beide gingen zu einer kleinen Bar. Gonzo sah sich die Bar an und meinte, „toll. In Vegas habe ich so etwas schon Mal gesehen und diese Bar war immer rappelvoll."

„Bei uns geht es auch, aber es könnte besser sein", sagte Charls ernst.

„Hör auf, Schatz", flüsterte Christine und sah Ela an, „wir habe Alles versucht, aber du kennst doch unser Problem."

„Entschuldigt, aber kann ich vielleicht helfen?" fragte Ela ernst.

Charls sah Gonzo an, „nur wenn du Jemanden aus dem Verkehr ziehst."

Gonzo schüttelte den Kopf, „an so etwas habe ich eigentlich nicht gedacht."

Christine setzte sich auf einen Barhocker, „an was dann?"

„Vielleicht kann ich etwas organisieren. Gibt mir einige Stunden Zeit." Gonzo nahm ihr Handy und rief Tommy an. Während sie mit ihm redete, ging sie an die Luft. Tommy gab nach einigen Minuten nach und versprach, in zwei Tagen mit der kompletten Combo aufzuschlagen. Gonzo schaltete das Handy aus und drehte sich um. Plötzlich sah sie Jemanden und schüttelte den Kopf, „Brigdes ist auch schon da." Dann ging sie zurück zu Charls und Christine, „ich habe es geschafft. Es wird eine kleine Mannschaft kommen und einige Tage bleiben."

„Was macht diese kleine Mannschaft dann?" fragte Christine.

Gonzo lächelte, „lasst euch überraschen. Ich werde dafür sorgen, dass etwas Werbung gemacht wird."

Charls sah Christine an, „bin jetzt aber gespannt!"

„Wollten wir nicht etwas unternehmen?" fragte Gonzo lächelnd.

Charls nickte, „natürlich, dann lass uns aufbrechen."

Gemeinsam, mit einem Helikopter, flogen sie nach Miami Beach.

Christine besuchte ihre Tante, während die beiden Anderen sich in der Stadt umsahen. Charls zog Gonzo in ein Café. Dort drückte er sie auf einen Stuhl und holte Kaffee. Dann setzte er sich Gonzo gegen über und fragte, „wie sieht es bei dir aus? Verliebt?"

„Ja", sagte Gonzo knapp, „und damit ist das Thema beendet!"

„Wortkarg wie immer. Du hast dich wirklich nicht geändert", stellte Charls fest.

„Und was ist mit euch? Glücklich?"

Charls zögerte etwas, „eigentlich schon, wenn da nicht das Problem mit der Bar wäre!"

Gonzo stellte die Tasse ab, „wer macht euch Probleme?"

„Ich sollte nichts sagen!" meinte Charls und drehte sich weg.

„Charls bitte! Du hattest vor einigen Stunden etwas angedeutet", sagte Gonzo ernst.

„Eine gemeinsame Freundin von uns will diese Bar haben, aber es war Christines Traum und ich werde ihn verteidigen!"

Gonzo sah Charls in die Augen, „und ich kenne diese Freundin?"

Er nickte nur.

„Diese Brigdes?" fragte Gonzo mit schmalen Augen.

Wieder nickte er nur.

Gonzo lächelte, „der Frau werden wir schon zeigen, wo der Hammer hängt!"

„Meinst du wirklich?"

„Wenn Tommy kommt, wird sie sich nach einer neuen Kneipe, Entschuldigung, Bar umsehen und euch in Ruhe lassen."

Charls nahm Gonzos Hände, „du bist immer noch die Freundin, Die immer helfen will. Danke!"

Gonzo zog die Hände zurück als sie Christine kommen sah, nahm den Kaffee und meinte, „Freunde sind auch dafür da, oder nicht?"

Charls lächelte und trank auch seinen Kaffee. Am späten Nachmittag flogen sie zurück.

„Kannst du reiten?" fragte Charls plötzlich.

Gonzo nickte, „klar."

Christine setzte sich und sah ihren Mann an, „warum machst du das?"

„Entschuldige bitte, aber ich reite nun Mal gerne, aber allein macht es doch nur halb so viel Spaß. Ich dachte, Gonzo hätte daran auch Spaß."

„Leute bitte. Nicht wegen mir in Streit geraten", lächelte Ela.

Christine sah Gonzo traurig an, „ich habe auch gerne geritten, bis zu diesem blöden Unfall. Ich habe drei Lendenwirbel angebrochen und Stahlplatte bekommen. Aber Charls hat Recht, vielleicht hast du Lust."

„Aber nicht mehr Heute, ich bin wirklich müde", sagte Ela und trank den Kaffeebecher leer.

Charls sah auf die Uhr, „wir müssen auch langsam zurück. In zwei Stunden sollten wir die Bar öffnen." Charls stand auf und bezahlte die Rechnung. Nachdem sie wieder in Fort Lauderdahle angekommen waren, verabschiedete sich Gonzo, ging nachdenklich zum Hotel und ging sofort schlafen. Mitten in der Nacht meldete sich Mac plötzlich. Ela sah verschlafen auf die Uhr, „es ist vier Uhr morgens, was ist denn so wichtig?"

„Du wolltest doch sofort Bescheid, wenn Highway in der Nähe ist."

Gonzo war sofort hellwach, „wo ist er?"

„Er wird in den nächsten 38 Stunden eintreffen. Er fährt aber nicht die direkte Route", antwortete Mac.

„Wo fährt er hin?" fragte Gonzo ernst.

„Coral Springs", war die Antwort.

Ela sah auf die Uhr, „Marty ist auch da. Stimmt es?"

Mac meldete, „positiv."

„OK. Ich habe verstanden. Er wird keinen Urlaub haben. Pech, dann ein anderes Mal", brummte Rafaela und sah an die Decke.

Am späten Nachmittag, des nächsten Tages, tauchte Tommy auf. Gonzo brachte ihre Freunde zur Bar. Christine schaute etwas verständnislos, „ihr wollen hier auftreten?"

„Warum denn nicht? Sie haben eine Menge drauf", grinste Gonzo.

Charls sah Gonzo an, „aber wir haben nicht."

„Stop. Tommy macht es und damit basta. Über die Bezahlung sprechen wir später."

„OK. Aber wir übernehmen die Versorgung der Truppe", sagte Christine.

Gonzo nickte und sah Tommy an. Charls sprach kurz mit seiner Frau, dann sah er zu Gonzo, „hast du jetzt Lust?"

Ela nickte, „klar."

Er zog Gonzo aus der Bar, öffnete seinen Wagen und fuhr zu einer kleinen Farm außerhalb der Stadt. Beide sattelten die Pferde und ritten los. Nach einer halben Stunde waren sie am Strand und galoppierte durch das Wasser.

Plötzlich stürzte Charls. Gonzo stoppte sofort, sprang vom Pferd und kniete sich zu Charls, „alles klar?"

Er griff nach Gonzo, zog sie in den Sand und küsste Gonzo. Gonzo schob ihn von sich weg und sah ihn böse an, „so nicht, mein Freund. Was hast du dir dabei gedacht?"

Er setzte sich hin, „ich wollt dich immer schon."

„Ich aber nicht mit dir. Wie soll ich mich jetzt Christine gegenüber verhalten?" dabei stand Ela auf und griff sich die Zügel, „außerdem habe ich einen Partner."

Langsam ging Gonzo los. Charls folgte ihr, „warte bitte."

Gonzo blieb stehen. Verschämt sah Charls zu Boden, „es tut mir leid."

„Vergessen wir die Sache, aber nicht noch einmal."

„Ich liebe Christine. Ich weiß wirklich nicht, warum ich das getan habe."

„Es ist gut, halte dich nächste Zeit bitte zurück."

Beide stiegen auf die Pferde und ritten zurück.

In der Bar war die Hölle los. Christine hatte alle Hände voll zu tun und freute sich, als Gonzo und Charls die Bar betraten. Zusammen arbeiteten sie bis in die frühen Morgenstunden. Tommy sorgte dafür dass die Gäste tanzten und ihren Spaß hatten. Rafaela und Charls brachten die Getränke an die Tische. So voll war die Bar noch nie. Völlig erledigt fiel Gonzo in einen Sessel, „habe ich zu viel versprochen?"

„Das ist der reinste Wahnsinn", meinte Charls, „so voll war es hier noch nie."

Christine sah ernst aus und setzte sich Gonzo gegenüber, „wenn das diese gewisse Person mitbekommt, kriegen wir bestimmt noch Ärger."

„Darum kümmere ich mich dann schon. Ihr Beide müsstet mir nur Bescheid geben", sagte Gonzo und sah zu Tommy.

Seine Truppe packte zusammen, „sollen wir denn weiter machen?"

Gonzo sah Charly und Christine an, „ich glaube schon."

„OK", meinte Tommy, „dann bis Morgen." Die Band verließen die Bar.

Gonzo verabschiedete sich auch und ging langsam zum Hotel. „Schlafen lohnt sich nicht mehr", dachte Gonzo und ging zum Kai.

Die Sonne ging gerade auf und Gonzo sah sich die Jachten an. Eine große Jacht lief gerade ein. „Ein ziemlich heruntergekommenes Boot", dachte Gonzo und ging zum Frühstück.

Auf der Jacht machte sich Ashton daran die Leinen an zulegen, „gut, dass wir das Wrack gefunden haben."

„Aber die komische Kiste macht mir Sorgen", meinte Steven.

„Wir sehen uns das Ding später an, Steven. Wir sollten uns jetzt erstmal frisch machen und Essen gehen."

„OK. Aber in zwei Tagen haben wir noch was anderes vor", meinte Steven und schnappte sich seinen Seesack, „was anderes, hast du das Mädchen da oben auch gesehen?"

Ashton grinste, „natürlich. Sah aus der Ferne sehr gut aus." Die Brüder gingen zu einer kleinen Pension.

Charls klingelte nachdem die Sonne aufgegangen war bei Gonzo an und fragte, ob sie wieder Lust hätte auf einen Ausflug mit der Jacht. Eine halbe Stunde später waren die Drei wieder auf dem Ozean. Gonzo und Christine gingen wieder tauchen. Gonzo fand eine riesige Muschel und nahm sie mit nach oben. Charls sah sich das Ding an, „ziemlich selten. Hast Glück gehabt."

Christine brachte einen Fisch mit, „das Abendessen ist gerettet."

Alle an Bord lachten. Nachdem Christine das Essen zubereitet hatte und Alle satt waren, fuhr Charls zurück. Beim Anlegen sah Gonzo Highways Sportwagen, „danke für den tollen Tag. Ich muss los."

„Was ist denn los?" fragte Christine erstaunt.

Gonzo lächelte, „ich werde erwartet."

Sie sprang von Bord und lief zum Hotel. An der Rezeption angekommen, sah sich Gonzo suchend um. Sie entdeckte Highway und ging langsam auf ihn zu, „wurde auch langsam Zeit!"

Er drehte sich zu Gonzo um, „ich warte auch nur drei Stunden." Er gab ihr einen zarten Kuss. Sie nahm Highway an die Hand, „dann komm mit."

Sie nahm den Zimmerschlüssel und Highway legte seinen Arm um ihre Hüften, „ich freue mich auf ein paar ruhige Tage mit dir."

Einige Meter entfernt standen einige Leute zusammen. Eine Frau brummte, „ach nee! Die McKensey und dann noch in Begleitung."

„Lass das Mädchen, Gabrielle", sagte ihr Begleiter, „du bist doch sowieso besser."

„Warum sollte ich das tun?" grinste Gabrielle und ging auf Gonzo zu.

Doch bevor Gabrielle die Beiden erreicht konnten, klingelte ihr Handy. Gabrielle blieb stehen, nahm das Handy aus der Tasche und das Gespräch an. Sie sah dabei zu Rafaela, „wie war das gerade? Ihr habt was? Ich bin sofort im Büro!" Wütend lief sie aus dem Hotel.

Gonzo sah Highway im Fahrstuhl an, „und was Laren gesagt?"

„Nichts", meinte Highway ernst.

Der Fahrstuhl blieb in der dritten Etage stehen. Gonzo sah ihn an, „wirklich?"

Highway verdrehte die Augen, „wirklich!"

Sie schloss die Tür auf, „er hat dich einfach so in den Urlaub gehen lassen?"

Er wich ihren Augen aus, „ja."

„Was ist los?"

Er plumpste in den Sessel, „ich muss nur abbrechen, wenn Jetto Hilfe braucht."

„Er ist auch hier?"

„Nein, nicht hier. Coral Springs.“

„Marty habe ich getroffen und er ist auch dort. Was Wichtiges?“

Er stand auf und holte eine Akte aus seiner Tasche, „hier. Les selber. Aber von mir hast du nichts erfahren.“

Gonzo schlug die Akte auf. Kurze Zeit später setzte Gonzo sich, „und was hier steht, ist wirklich war?“

Highway sah sie an, „wahrscheinlich.“

Gonzo sah Highway an, „dann brauchen wir einen sehr guten Plan. Ich kenne diese Brigdes nämlich sehr gut.“

„Ich habe es gelesen. Bist du noch sauer auf diese Frau?“

„Ja, aber ich will nichts mit ihr zu tun haben.“

Highway hockte sich vor Gonzo, „ich liebe dich. Lass uns ein anderes Thema anfangen.“

Gonzo nahm seinen Kopf zwischen die Hände und küsste ihn. Sie sanken auf den Boden.

Ein paar Straßen weiter tobte Gabrielle in ihrem Büro, „wie konntet ihr eine Kiste verlieren?“

„Wissen wir auch nicht. Aber wir wissen wo sie ist, nur zwei Schatzsucher sind aufgetaucht und wir mussten abrechen.“

„Egal wie, aber schafft mir die Kiste wieder ran. Ihr hab genau sechs Tage Zeit“, fauchte Gabrielle.

Gonzo wurde am nächsten Morgen von einem Geräusch geweckt. Sie stand auf, zog den Hausmantel an und sah aus dem Fenster. „Scheint so, dass es los geht, das Treffen“, dachte sie und streckte sich.

„Du kannst doch nicht einfach aufstehen, ohne mich.“

Sie setzte sich auf die Bettkante, „soll ich dir den Rücken krabbeln?"

Er drehte sich auf den Bauch, „und noch viel mehr."

Rafaela lächelte und strich ihm über den Rücken. Einige Zeit später gingen Highway und Gonzo engumschlungen die Promenade entlang. Highway blieb stehen, „was hältst du von einer Pause?"

„Aber nicht wegen der Brigdes oder?"

„Natürlich nicht."

Sie setzten sich an einen kleinen Tisch. Der Kellner nahm die Bestellung auf und brachte dann den Kaffee. Gonzo Nerven gaben Alarm und sie sah Highway an. Highway sah sie fragend an, „ist was, Süße?"

„Ich hole nur eben Zucker, bin sofort wieder da."

Sie ging in das Café und besorgte Zucker.

„Dass du hier auftauchst, Rafaela McKensey."

Gonzo drehte sich langsam zu Gabrielle um, „bestimmt nicht wegen dir!"

„Nette Begleitung. Groß, gut gebaut, gut aussehend."

Gonzo bekam kleine Augen, „lass die Finger von meinem Partner. Noch mal bekommst du keine Chance!"

Gabrielle lachte, „wetten dass doch!"

Gonzo ging an Gabrielle wütend vorbei und setzte sich zu Highway. Er nahm den Zucker, „und?"

Gonzo grinste, „angebissen."

Highway nahm Gonzos Hände, „schaffst du es wirklich? Ich meine!"

„Ich vertraue dir", sie sah sich um, „und ich liebe dich."

„Aber ich gehe davon aus, dass diese Frau mehr von mir will."

„Wir sind nicht verheiratet, also kannst du machen, was du willst."

Highway sah Gabrielle aus dem Augenwinkel, „die Frau ist wirklich nicht mein Typ, aber wenn es Jetto hilft."

Gonzo trank ihren Kaffee, „ich gehe davon aus, dass diese Person dich heute Abend anmachen wird. Wir sollten ihr wirklich zeigen, wie gut wir uns verstehen."

„Aber wie setzten wir Jetto in Kenntnis?"

„Das mache ich gleich", sagte Gonzo und drückte Highway einen Kuss auf.

Highway griff nach Gonzos Kopf, „ich werde dir immer treu sein."

Ela verdrehte die Augen, „versprich nichts, was du nicht halten kannst, John!"

Dann standen Beide auf und gingen Arm in Arm an Gabrielle vorbei.

Jetto hatte sich mit Marty und Einstein in einem Motel eingerichtet und durchforsteten die ermittelten Akten.

„Wir kommen einfach nicht an diese Frau heran. Wie sollen wir bloß weiter kommen?" fragte Einstein.

„Es kommen gleich wieder ein paar Typen und dann nehmen wir der Frau wieder die Drogen ab, obwohl immer nur einige Kilos dabei raus springen", sagte Jetto tonlos.

Zusammen fuhren die Drei zum Treffpunkt. Jetto begann mit den Ganoven den Plan durchzusprechen als Martys Handy klingelte. „Wer kann das denn sein?" fragte Einstein.

Marty sah auf das Handy, „eine Freundin."

Jetto sah auf und sagte böse, „kannst du deine Privatgespräche bitte ein anderes Mal führen!"

Marty drehte sich um und ging von den Männern weg, „es ist ziemlich unpassend, Gonzo.“

„Wir haben die Möglichkeit an Gabrielle Brigdes ranzukommen. Sie hat Interesse an Highway.“

„Warte einige Minuten. Ich versuche, dass Jetto mit dir redet“, er ging zurück und gab Jetto das Handy.

Jetto sah Ihn an, „jetzt nicht.“

„Doch, es ist sehr wichtig für uns.“

Jetto sah die Typen an, nahm das Handy und ging los, „also, was ist so wichtig?“

„Hallo, Jetto. Wie geht es dir?“

„Du? Aber ich habe gehört, dass du Urlaub hast!“

„Habe ich auch. Aber es geht ja auch nicht um mich, sondern um Highway.“

„Ich brauche Zurzeit seine Hilfe nicht.“

„Hör doch erstmal zu. Gabrielle will mir Highway ausspannen, damit wäre er doch in ihrer Nähe und könnte dir helfen!“

„Du kennst den Auftrag?“

„Leider, aber ich bin bereit ihn gehen zulassen.“

Jetto sah zu Marty und Einstein, „aber schaffst du es auch wirklich?“

„Eifersüchtig bin ich von Natur aus“, lachte Gonzo.

„OK. Aber nur wenn es nicht gefährlich ist.“

„Danke Jetto. Highway wird sein Bestes geben. Tschau.“

Highway saß auf dem Bett und grinste, „er war nicht begeistert!“

Gonzo stellte sich vor Highway, „ich auch nicht, aber wenn es sein muss, dann muss es eben sein.“

Er griff nach ihrer Hüfte, „ich will dich nicht verlieren“, zog Ela dann aufs Bett

Ela sah ihm in die Augen, „ich werde dich nicht verlieren. Es ist ein Auftrag, mehr nicht.“

In einer Nachtbar saßen einige Leute und hörten sich Jazz an. Charls und Christine warteten auf Gonzo. Gonzo hatte Highway an der Hand und kam zum Tisch der Beiden.

„Da sind wir. Dass ist mein Partner.“

Charls gab Highway die Hand, „Ela ist eine tolle Frau.“

„Ich weiß“, sagte Highway und sah Gonzo verliebt an.

Sie setzten sich und Christine bestellte Getränke.

Als Gabrielle die Gruppe sah, ging sie sofort an den Tisch, „Hallo!!“

„Was willst du denn hier?“ fragte Christine genervt.

Gabrielle grinste, „alte Freunde begrüßen.“

Sie sah Highway an, „und wer ist das?“

„John“, sagte Highway und lächelte sie an.

Gabrielle zog einen Stuhl dazu und setzte sich ganz dicht zu Highway. In Gonzo stieg Wut hoch, „was willst du wirklich?“

„Einen netten Abend mit Freunden verbringen.“

Charls sah Gabrielle böse an, „dann suche dir welche!“

Sie sah Highway an, „wieso, ich habe hier doch Welche.“

Sie berührte Highways Hand. Gonzo sah Christine hilflos an.

„Kannst du bitte den Tisch verlassen!“ sagte Christine ernst.

Gabrielle stand auf, „da will man freundlich sein und dann das.“

Sie sah Highway an, „wenn du dich langweilst, ich bin an der Bar.“

Highway sah Gabrielle nach und dachte, „Hexe.“

Es wurde kein schöner Abend. Die Laune der Vier war auf dem Siedepunkt. Highway drückte Gonzo Hand, sah ihr kurz in die Augen und stand auf, „ich gehe kurz zur Bar.“

Charls sah ihm nach, dann zu Gonzo, „was wird das denn jetzt?“

Gonzo schüttelte den Kopf, „ich habe wahrscheinlich wieder verloren. Was hat diese Person eigentlich, was ich nicht habe?“

Christine nahm Gonzos Hand, „warum hältst du ihn nicht auf. Ich hatte geglaubt, dass du und.“

„Ich kämpfe nur, wenn es sich lohnt. Aber er ist alt genug um selbst zu entscheiden“, Gonzo stand auf und ging traurig zum Ausgang.

Sie sah kurz zur Bar und atmete durch. Gabrielle flirtete mit Highway was das Zeug hielt. Christine folgte Gonzo nach Draußen.

„Warte! Was hast Du vor?“ fragte Christine und ging mit Ela langsam weiter.

„Keine Ahnung. Ich habe noch nicht Mal einen fahrenden Untersatz.“

Christine nahm Gonzo an die Hand, „ich gebe dir mein Fahrzeug. Nur hätte ich es gerne wieder.“

Zusammen gingen sie in die Tiefgarage. Christine nahm den Schlüssel und drückte.

„Wau“, sagte Gonzo erstaunt.

„Willst du?“ lächelte Christine.

Ela nickte, „gerne.“

„Viel Spaß“, meinte Christine leise.

Gonzo nahm Christine in den Arm, „danke.“

„Bring ihn nur heil wieder.“

Gonzo setzte sich in den Sportwagen, startete und fuhr los. Christine sah Gonzo nach, ging dann wütend zu ihrem Mann, „was machen wir jetzt?“

Charls sah zur Bar, „wenn Ela es hinnimmt, gar nichts.“

Highway stieg voll ein und hatte Gabrielle im Arm.

Gonzo fuhr sofort zum Motel. Marty sah den Sportwagen auf den Parkplatz kommen, „Mensch, ein Vektor. Dieses Fahrzeug gibt es nur fünf Mal.“

Einstein hatte Gonzo erkannt, „und ein Marschall fährt das Ding.“

Gonzo hielt neben den Dreien an, stieg aus und lächelte, „die Brigdes hat Highway gefressen.“

„OK. Dann zu Plan A“, Jetto nahm Gonzo an die Hand, „diese Frau ist ein ganz schönes Biest.“

Die Vier besprachen das weitere Vorgehen. Nachdem Gonzo ins Hotel zurückgekehrt war, holte sie sich ihren Zimmerschlüssel.

„Miss McKensey“ hielt der Portier Rafaela auf, „eine Nachricht für sie.“

Gonzo nahm den Umschlag entgegen und ging zum Fahrstuhl. Im Fahrstuhl öffnete sie den Umschlag.

„Von Highway“, dachte Gonzo und las. „Hallo Liebes. Ich komme die nächste Zeit nicht zurück. Meine Sachen hole ich später. John.“ Ela atmete durch, „dass ging aber schnell. Gabrielle muss ein Superweib sein. Hoffentlich geht die Geschichte gut aus“, dabei ging sie langsam ins Zimmer. Am nächsten Morgen joggte Gonzo zum Jachthafen. Sie machte eine Pause und sah zu den Jachten. Plötzlich standen zwei Männer rechts und links neben Ela.

„Schöne Boote, nicht wahr?"

Gonzo traute ihren Ohren nicht, „Steven?"

Erstaunt sahen sich die beiden Männer an, „Ela?"

Sie drehte sich zu den Beiden um, „und Ashton."

Sie umarmte die Beiden. Ashton nahm ihre Schultern und sah Gonzo von oben nach unten an, „Mensch, hast du dich verändert. Siehst Toll aus, zum Verlieben."

Gonzo strahlte, „ihr Zwei habt euch auch gut gemacht."

Steven legte einen Arm um Gonzos Hüfte, „Vorschlag, wir gehen Frühstücken und reden."

„Gute Idee", sagte Gonzo und hackte sich bei Beiden ein.

In einer kleinen Hafenkneipe setzten sich die Drei in eine Ecke. Ashton bestellte das Frühstück. Steven sah Gonzo an, „erzähl. Was hast du all die Jahre gemacht?"

„Nichts Besonderes. Polizeischule, einige Zeit in Tibet verbracht und zurück. Zurzeit bin ich bei einer Spezialeinheit und mache Personenschutz. Und ihr Zwei?"

Ashton setzte sich dazu, „Uni."

Steven lächelte, „Geschichte, Meeresbiologie."

„Schatzsucher", ergänzte Ashton.

„Dann kommt ihr Zwei aber viel rum", grinste Gonzo.

Alle lachten. Sie saßen lange zusammen und redeten. Die Drei verabredeten sich.

„Bis heute Abend", verabschiedete sich Gonzo.

Gonzo lief zurück zum Hotel und brachte den Autoschlüssel zu Christine. Dann ging Gonzo schwimmen. Plötzlich sah Gonzo Highway und Gabrielle. „Die Beiden haben aber ihren Spaß", dachte Gonzo und packte ihre Sachen. Gabrielle bemerkte Gonzo und küsste Highway. Gonzo ging gespielt wütend an den Beiden vorbei.

„Können wir Ela nicht in Ruhe lassen?" fragte Highway.

„Wieso? Ist doch kein Privatgelände von ihr."

Highway nahm Gabrielle in den Arm, „hast ja Recht."

Sie löste sich aus seiner Umarmung, „ich muss ins Büro. Hast du Lust mitzukommen?"

Beleidigt nickte Highway, „warum nicht."

Beide stiegen in Gabrielles Wagen und sie fuhr los. Highway bekam einige Telefongespräche mit, ohne dass es Gabrielle bemerkte. Plötzlich fragte sie, „Langeweile?"

„Nee", meinte Highway und blätterte weiter in einer Zeitung.

„Was hältst du davon heute Abend tanzen zu gehen?"

Highway sah auf, „warum nicht!"

Zufällig wollten Ashton, Steven und Gonzo auch an diesem Abend, in die gleiche Bar. Als sie die Bar betraten wurde Gonzo nervös. Steven sah zufällig Gabrielle, „ach nee. Die auch noch."

Charls begrüßte die Drei und setzte sie an einen Tisch an der Tanzfläche, „bin gleich wieder da."

Gonzo begrüßte Tommy. Ashton sah Gonzo fragend an, „du kennst wohl Jeden?"

„Tommy ist ein sehr guter Freund und verdient sich hier ein wenig dazu."

Ashton sah Gonzo an, „irgendetwas macht dich nervös?"

„Nichts", gab Gonzo abfällig zur Antwort.

Christine brachte Getränke und Ashton fragte sie leise, was mit Gonzo los wäre. Nach einer kurzen Erklärung nahm er eine Hand von Gonzo, „wir sind jetzt da und den Typen kannst du ruhig vergessen."

Gonzo gab Ashton einen flüchtigen Kuss, „du hast Recht. Lasst uns heute Abend Spaß haben."

Christine erzählte von einem Gerücht, „soll ein irrer Typ sein und sehr reich sein."

„Ja und?" meinte Gonzo, „sind andere auch."

„Er hat etwas, worauf Frauen stehen", meinte Christine und sah zu ihrem Mann, „ich habe ihn zwar noch nicht kennen gelernt, aber man kann nie wissen."

Gonzo beobachtete die ganze Zeit die Tanzfläche und bekam mit, wie engumschlungen Gabrielle mit Highway tanzte. Sie hatte ihr Glas in der Hand. Ihre Muskeln begannen sich zu spannen und sie drückte das Glas zusammen. Plötzlich legte sich eine Hand auf ihre Schulter, „sie könnten sich verletzten."

„Was geht es ihnen an?" sagte Gonzo böse und sah den Fremden an. Plötzlich erkannte sie Jetto und begann zulächeln.

„Darf ich sie zu einem Tanz auffordern?"

Gonzo sah die beiden Jungs an, „warum nicht?"

Jetto hielt die Hand hin, Ela nahm sie und er führte Gonzo auf die Tanzfläche. Es war ein sehr langsamer Tanz. Jetto zog Gonzo fest an sich, „es ist bestätigt. Diese Frau hat mit Drogen zutun und hat etwas verloren. Sie sucht es verzweifelt."

Gonzo sah Jetto verliebt an, „du hast eine sehr gute Tarnung", fragte dann leise, „was sucht diese doofe Pute denn?"

„Eine Kiste", Jetto drückte Gonzo, „wir werden beobachtet!"

„Ich weiß“, brummte Ela, „ist Highway schon eifersüchtig?“

Jetto lächelte Gonzo an, „mir doch egal.“

Nachdem zweiten Tanz sagte Jetto plötzlich, „Morgen möchte ich mit dir essen gehen.“

„Was ist denn los?“

Gabrielle blieb die Geschichte nicht verborgen, „da tröstet sich Jemand aber sehr schnell!“

Highway sah Gonzo und Jetto, wie sie von der Tanzfläche gingen, „der Kerl ist viel zu alt für Ela, aber nicht mein Problem.“

Jetto brachte Gonzo zurück an den Tisch, „bleibt es bei Morgen?“

Gonzo sah Steven an, „vielleicht?“

Jetto gab ihr eine Visitenkarte, „melden sie sich bitte.“

Er verließ den Tisch und ging zur Bar. Einstein hatte dort mit zwei Mädchen auf ihn gewartet. Christine sah Gonzo an, „das war der Mann, von dem ich erzählt hatte. Kennst du ihn etwa?“

Gonzo schüttelte den Kopf, „bis vor eine Stunde kannte ich ihn nicht, aber er ist ein Gentleman.“

Ashton bestellte Tequila. Charls und Christine setzten sich zu den Dreien und plauderten dann bis in die frühen Morgenstunden. Gonzo erfuhr in dieser Nacht, dass es den Beiden gelungen war ein Wrack zu finden und dass sie dieses noch in den nächste Tagen vermessen wollen.

„Aber was wird aus dem Jahrgangstreffen?“ fragte Charls.

„Der Abschlussball ist erst in vier Tagen, bis dahin sind wir Beide wieder da“, meinte Steven und sah Ashton an, „aber wir kommen nur, wenn Ela auch da ist!“

Gonzo sah Steven traurig an, „schade. Ich wäre gerne noch mit euch einige Tage zusammen gewesen.“

Ashton strich Gonzo übers Haar, „holen wir Alles nach, versprochen!"

Beide Jungs gaben Christine einen Kuss, Charls die Hand und verabschiedeten sich. Gonzo begleitet die Beiden noch zum Hafen, „seit vorsichtig." Es wurde ein langer Abschied. Die Jungs gingen auf ihr altes Schiff und Gonzo sah in den Sonnenaufgang. Sie winkte ihnen noch nach. Sie sah wie noch eine zweite Jacht auslief, dachte, „dieses Boot ist aber um einiges Teurer gewesen", und ging dann zum Hotel. Im Zimmer angekommen, ließ sie Wasser ein und zog sich aus. Sie legte sich in die Wanne und schloss die Augen. Plötzlich fühlte sie eine Hand auf ihre Schulter, griff nach ihr und zog. Highway platschte in die Wanne. Gonzo erschreckte, „du?"

„Ich wollte dich einfach nur sehen", sagte Highway pudelnass.

„Melde dich vorher an", sagte Gonzo beleidigt.

„Ich kann diese Person nicht ausstehen."

„Ich auch nicht, aber was wird Gabrielle sagen, wenn sie es erfährt."

Er lächelte, „von mir erfährt die Frau es nicht und außerdem ist sie vor einer Stunde auf Meer raus. Ich hätte etwas Zeit."

Er zog Gonzo an sich. Gonzo gab ihm einen Kuss und windete sich raus, „und? Ist Gabrielle besser als ich?"

„Spinnst du?" Highway stieg aus der Wanne.

„Warum? Du hattest doch nichts Besseres zu tun, als dich sofort bei ihr."

„Süße bitte. Ich mache es nur wegen der Tarnung."

Gonzo stieg auch aus der Wanne und begann das Hemd aufzuknüpfen, „willst du dich erkälten?"

Er lächelte und zog die nassen Klamotten aus. Sie nahm ein Handtuch und gab es ihm, „Jetto hat mich zum Essen eingeladen, habe aber noch nicht zugesagt."

Highway sah Gonzo beleidigt an, „mit dem alten Kauz."

„Ich habe gesagt, dass ich noch nicht zugesagt habe."

Highway schnappte sich Gonzo, „ich liebe dich", dabei streichelte er ihren Nacken. Einige Zeit später, Gonzo zog sich ihre Sportsachen an, „hast du mit Gabrielle?"

„Nein", schüttelte Highway den Kopf, „noch hat sie es nicht drauf angelegt. Es scheint, sie will dich nur zur Weißglut bringen."

„Spring aber nicht gleich vom Dach, wenn sie dich fallen lässt."

„War es wirklich so schlimm, wie ich es aus der Akte entnehmen konnte?"

„Damals Ja, aber jetzt werde ich diese Frau sofort töten." Gonzo gab Highway einen Zettel. Er grinste und las. „Dann haben wir endlich etwas gegen diese Frau in der Hand, aber was ist wohl in der Kiste?"

„Das werden wir auch noch heraus bekommen. So ich muss los, hab noch eine Verabredung. Wir sollten besser nicht zusammen gesehen werden."

Highway hatte es verstanden und verabschiedete sich mit einem Kuss von Gonzo, „wir bleiben in Verbindung."

Gonzo wartete einige Minuten, nahm dann eine Jacke und ging raus zur Promenade. Dort traf sie sich mit einigen alten Schulkameraden. Christine kam zufällig vorbei und sagte Allen einen guten Tag. Sie sah Gonzo an, „ist Gabrielle nicht in der Nähe?"

Gonzo sah sie verwundert an, „wieso?"

„Du siehst anders aus. Nicht so nervös."

„Sie wird sich wahrscheinlich mit John vergnügen, aber mir ist es völlig egal“, winkte Ela ab und ging mit den Anderen weiter. Am Nachmittag ging Gonzo zum Hotel um sich umzuziehen. Sie hatte eine Nachricht bekommen und öffnete sofort den Umschlag, „von Steven?“

Sie las den Brief, steckte ihn in die Tasche und verließ sofort das Hotel. Im Dauerlauf lief zum Versteck von Mac. Bei Mac angekommen, „ich brauche sofort eine Leitung zu Jetto. Wichtig!“

Einige Sekunden später, „was gibt es, Süße?“

„Da läuft was schief. Ich weiß jetzt was in der Kiste ist und zwei meiner besten Freunde sind in Gefahr. Komm sofort zu mir.“

 Gonzo schnappte sich ihre Sporttasche und lief zurück zum Hotel. Unterwegs rief sie Highway an und fragte nach dem Grund für das Auslaufen von Christine. Highway konnte darüber keine Auskunft geben, aber versprach nachzuhaken. Christine sah Gonzo kommen, „was ist los? Du bist so aufgeregt.“

„Ich habe sehr schlechte Nachrichten bekommen.“

„Von Steven und Ashton. Nicht wahr?“

Gonzo sah Christine erstaunt an, „ja!“

„Komm mal bitte mit“, Christine zog Gonzo mit sich.

„Wohin?“

„Zum Büro“, sagte Christine ernst.

Charls kam dazu, „ist es soweit?“

Seine Frau nickte, „leider.“

Bevor die Drei das Büro erreichten, zerriss eine riesige Explosion auf dem Ozean die Stille. Alle Menschen sahen hinaus auf den Ozean. Die Küstenwache lief sofort aus, gefolgt von einigen Fischerbooten und Jachten. Gonzo zuckte zusammen und blieb wie erstarrt stehen. Nach einer Weile ging Gonzo zum Strand und sah auf Wasser. Christine ging ihr nach, „Ela bitte. Es ist nichts."

„Doch Christine", Gonzo drehte sich zu ihr um, „was wolltest du mir sagen."

Charls stand auch jetzt neben Gonzo, „dass sollten wir im Büro besprechen." Zusammen gingen sie zum Büro.

„Also?" forderte Gonzo die Beiden auf, „was ist es?"

„Wir arbeiten für den CIA und beobachten schon eine ganze Weile diese Brigdes. Sie arbeitet zwar allein."

Gonzo sprach dazwischen, „Drogenschmuggel! Dass weiß ich schon. Aber was haben Steven und Ashton damit zu tun?"

„Woher weiß du das denn?"

Gonzo warf ihre Marke auf den Tisch. Charls sah die Marke, „du hast erzählt, Personenschutz."

„Richtig, alle amerikanischen Personen. Also, was?"

Es klopfte und ein älterer Mann sah rein, „gerade ist eine Nachricht reingekommen. Jan ist mit seinem Boot draußen. Es war die Jacht der Brüder. Leider hat er die Brüder nicht finden können."

„Und die Jacht?" fragte Charls, stand auf und gab einige Zeilen in seinen Computer.

„Schleppen einige Fischer rein."

Gonzo war sehr still geworden. Wortlos verließ sie das Büro und ging zum Strand. Sie bemerkte nicht, dass sie schon im Wasser stand. Starr war ihr Blick auf den Ozean. Marty, Einstein und Jetto kamen gerade an den Strand, als Charls und Christine zu Gonzo wollten. Christine sah Jetto an, „sind sie nicht der Mann?"

Jetto war in voller Montur und sah Christine an, „ich bin ein Partner dieser Frau. Was ist passiert?"

Charls erklärte den Sachverhalt. Marty war inzwischen zu Gonzo gegangen, stellte sich neben ihr und sah sie an, „können wir irgendwie helfen?"

 Aber er bekam keine Antwort. Jetto war jetzt auch dazu gekommen und wollte ihre Hand nehmen. Doch Gonzo zog sie weg. Es dauerte einige Zeit bis sich Einstein zu Jetto stellte, „können wir denn gar nichts tun?"

Jetto sah zu Gonzo, „sobald die Männer vom CIA fertig ist, wissen wir mehr."

Gonzo sah weiterhin starr in den Horizont. Niemand konnte sie dazu bewegen, den Strand zu verlassen. Die ganze Nacht war Jetto bei Ela und hatte inzwischen auch ihre Hand genommen, Beide schwiegen. Als die Sonne aufging sah Jetto, wie die Jacht in den kleinen Hafen geschleppt wurde. Er drückte die Hand von Ela, „vielleicht sollten wir uns die Jacht ansehen!"

„Geh allein", flüsterte Gonzo und kämpfte mit den Tränen, „ich bleibe hier." „Schatz bitte", sagte Jetto leise, „es bringt nichts, wenn du hier stehst und auf das Wasser starrst."

Gonzo sah plötzlich etwas im Wasser glitzern. Sie ging weiter ins Wasser, in die Knie und griff nach dem Glitzern. Sie zog eine Kette mit einem Blatt heraus, sie sah sich das Teil an und begann zulächeln, „Jetto?"

„Ja, Kleines?"

„Ich brauche sofort eine Taucherausrüstung und ein Boot."

„Sofort, aber was hast du vor?"

„Steven und Ashton holen", lächelte Gonzo und steckte ihre Hand in die Westentasche.

Jetto atmete durch, „OK." Er setzte sein Headset auf und informierte Marty und Einstein. Die Beiden saßen beim Frühstück mit

Christine und Charly. Einstein stellte den Becher auf den Tisch, „Boot und Taucherausrüstung! Wird sofort besorgt."

Charls sah ihn an, „das kann ich euch geben."

Einstein nickte, „OK. Gonzo glaubt die Brüder leben noch." Christine stand auf, „unser Boot ist auch startklar. Wir kommen mit!"

Die drei Männer liefen zum Hafen und kümmerten sich um die Jacht. Jetto und Gonzo gingen zum Büro. Ela nahm ihre Sporttasche und zog das Headset raus, setzte das Headset auf und informierte Mac.

„Sollen wir nicht aus der Luft?" fragte Mac.

„Nein Mac. Beobachte weiter Highway und gib ihm Bescheid. Er soll aufpassen. Diese Gabrielle geht über Leichen."

Mac antwortete sofort, „wird gemacht."

Nachdem die Beiden an der Jacht ankam, machte Einstein die Leinen los. Charls drückte den Gashebel bis zum Anschlag durch, „wohin?"

„Dort wo die Jacht hochgegangen ist", sagte Gonzo ernst und sah Marty an.

„Ich gehe mit runter, keine Frage!" sagte Marty ernst.

Christine gab den Beiden eine Taucherausrüstung. Marty sah Einstein an und zog sich um. Jetto half Gonzo, „mach aber keine unüberlegten Sachen bitte!"

„Keine Sorge, Alter. Ich will nur die Jungs wieder sehen und dieses Weibsstück fertig machen."

„Wir sind da", rief Charls.

Gonzo hob den Daumen. Einstein half Gonzo die Sauerstoffflasche zu schultern, „was hoffst du zu finden?"

„Einen Hinweis!" sagte Ela leise und sah Jetto in die Augen.

Nachdem Charls geankert hatte, tauchten Gonzo und Marty ab. Christine setzte sich an die Reling und bat Jetto um ein Gespräch. „Was haben sie mit Ela wirklich zu tun?" fragte Christine.

„Gonzo hat mir Mal das Leben gerettet und dabei fast ihr Eigenes verloren. Es war damals ziemlich knapp."

„Ist Rafaela gut?" fragte jetzt Charls ernst.

„Da müssen sie schon ihren Ausbilder fragen!" grinste Jetto.

Charls sah Einstein an, „dieser John gehört auch zu ihnen?"

„Er war Gonzos Ausbilder?" antwortete Einstein und sah intensiv aufs Wasser.

Marty und Gonzo suchten den Grund nach Spuren ab. Gonzo entdeckte eine Kette. Sie winkte ihrem Kumpel zu und zeigte ihm, was sie entdeckt hatte. Er machte Gonzo klar, dass sie wieder nach oben sollten. Was sie dann auch taten. Jetto entdeckte die Beiden zuerst. Er und Einstein halfen den Beiden wieder an Bord.

„Gibt es in südlicher Richtung eine Insel oder etwas Ähnliches?" fragte Gonzo kaum an Bord.

Christine sah auf eine Karte, „ja. Einige unbewohnte Atolle."

„Dann los", befahl Gonzo.

„Sie ist sich verdammt sicher", sagte Marty zu Jetto.

Er nickte, „hoffen wir das Ela auch Recht behält."

Gonzo nahm sich ihre Tasche und nahm einige Sachen raus. Sie zog sich um. Christine sah zu ihr und meinte dann zu Jetto, „ihr habt aber eine sehr gute Ausrüstung."

„Jeder von uns hat dass, was zu ihm passt. Gonzo mag diese Waffen am liebsten", antwortete Jetto und ging langsam auf Gonzo zu. Er stellte sich neben Gonzo, „was hat Highway dazu gesagt?"

Gonzo sah Jetto an, „keine Ahnung. Mac hat ihm hoffentlich Bescheid gegeben."

Jetto sah zu Marty, „ich meinte eigentlich den letzten Abend in der Bar?"

Gonzo lächelte, „eifersüchtig!"

Beide grinsten und beobachteten den Horizont. Nach drei Stunden tauchten die Atolle auf. Charls rief Gonzo, „welchen sollen wir nehmen?"

Gonzo ging zur Brücke und stellte sich neben ihm, „sag ich dir gleich."

Sie konzentrierte sich. Einstein sah auch in die Richtung, „bin jetzt Mal gespannt."

Nach wenigen Minuten sagte Gonzo ernst, „die große Lagune."

Langsam fuhr Charls in die Lagune. Marty stellte sich neben Gonzo, „ich hätte da eine Frage?"

„Schieß los!"

„Wieso bist du dir so sicher? Es spricht doch alles dagegen."

Gonzo legte freundschaftlich ihren Arm auf Martys Schulter, „hör endlich auf nur an das zu glauben, was man greifen oder sehen kann."

Sie griff in die Hosentasche, holte zwei Ketten hervor und zeigte sie Marty.

„Die hast du doch schon immer gehabt!" winkte Marty ab.

Gonzo zog ihre Kette hervor.

„Es sind drei Blätter", sagte Christine, „die zwei Brüder und Ela waren unzertrennlich auf der Schule."

„Das erklärt aber immer noch nicht, warum Gonzo glaubt."

„Keiner von uns würde seine Kette einfach aus Spaß abnehmen. Nur wenn es wirklich nötig ist, wie im Moment. Es ist ein Zeichen und ich werde die Beiden finden.“

Charls sah Gonzo ernst an, „und wenn es zu spät ist?“

„Dann werde ich einer gewissen Frau den Arsch aufreißen“, grinste Gonzo.

Charls warf den Anker. Jetto sah zu Charls, „Wir gehen an Land. Vielleicht brauchen wir ein schnelles Rückzugmanöver.“

Christine nickte und gab den Marschalls Funkgeräte, „damit können wir in Verbindung bleiben.“

Gonzo sprang ins Wasser und watete zum Strand, gefolgt von den Männern. Am Strand überprüften Alle ihre Waffen ein weiteres Mal.

Dann begann Einstein nach Spuren zu suchen. Jetto entdeckte Fußspuren die ins Dickicht führten, „hierher. Es müssen acht Männer sein.“

Gonzo lief zu Jetto, „was noch?“

Jetto hockte sich hin, „sechs Männer mit schweren Stiefeln, zwei in Badelatschen. Es scheint, du behältst Recht.“

Die Gruppe ging vorsichtig los. Marty ging voran und sah sich um. Plötzlich gab er ein Zeichen und Alle gingen in Deckung. Zwei Personen gingen an den Marschalls vorbei, „die Kiste hätten wir, aber die Chefin will bestimmt keine Zeugen.“

Gonzo sah Jetto an, „was jetzt?“

Jetto flüsterte, „ich und Marty gehen in die Richtung aus der die Typen gekommen sind. Vielleicht haben sie die verflixte Kiste ja in der Nähe.“

„OK. Einstein und ich folgen den anderen Bciden.“

Die vier Marschalls liefen wieder los Jetto und Marty fanden die Kiste sehr schnell und sah sich das Ding genau an. „Eine Menge Koks", stellte Jetto fest.

Marty sah sich um, „wir sollten das Ding hier wegbringen."

Jetto schüttelte den Kopf, „erst wenn die Anderen zurück sind. Wir sollten kein Risiko eingehen."

Unterdessen hatte Gonzo und Einstein das provisorische Lager gefunden. Einstein schlich sich näher ran und kam einige Minuten später zurück, „es sind zwei Männer auf der anderen Seite an einen Baum gefesselt."

Gonzo sah Einstein an, „hältst du den Rückweg frei?"

„Klar. Hol die Beiden und dann nichts wie weg."

Lautlos schlich Gonzo um das Lager. Plötzlich meldete sich Jetto, „wir haben die Kiste. Was sollen wir machen?"

Gonzo blieb stehen und sah wie das Lager abgebrochen wurde, „tausch den Inhalt gegen irgendetwas aus. Sie scheinen aufzubrechen."

„Machen wir", sagte Marty angestrengt.

Jetto sah Marty grinsend an, „Sand ist nicht schlecht oder?"

Marty hatte verstanden und packte das Koks um.

Gonzo hingegen war bei Steven und Ashton angekommen. Einstein war in Deckung gegangen und informierte Gonzo darüber.

„Die werden uns hier lassen!" meinte Steven.

Ashton sah ihn an, „bis uns Jemand findet, sind wir längst erledigt."

„Außer man hat eine gute Freundin", sagte plötzlich Gonzo hinter ihnen und schnitt die Fesseln durch.

Erschrocken drehten sich die Beiden um, „du?“

„Leise, braucht Niemand zu wissen.“

„Aber wieso?“

Gonzo legte Steven die Hand auf den Mund und schüttelte den Kopf. Sie zog vorsichtig die Beiden mit sich. Einstein erwartete Alle mit entsicherter Waffe.

„Die Typen sind zum Strand!“

„Jetto!“ rief Gonzo durch das Funkgerät, „die Bande kommt!“

„Sind schon wieder unterwegs zum Boot. Hast du deine Freunde?“

„Ja. Wir kommen auch.“

Einstein übernahm die hintere Flanke und zusammen liefen sie zum Strand. Charls hatte den Motor schon angelassen und als Alle an Bord waren, gab er Gas. Steven sah Gonzo an, „wie hast du uns gefunden?“

Gonzo lächelte, „es war nur so eine Ahnung“, sie hielt die Kette hin.

Ashton lächelte, „du hast sie doch gefunden!“

Einstein winkte ab, „es war nur ein Zufall, oder nicht?“

Gonzo grinste, „wenn du meinst.“

Jetto nahm Gonzo in den Arm, „du solltest dich in den nächsten Stunden entscheiden, ob du nicht doch um Jemanden kämpfst.“

„Hast du die Kiste?“ fragte Gonzo ernst.

„Es wird Jemand sehr böse sein wenn die Kiste öffnet wird“, sagte Marty und zeigte den Koks, „damit macht sie keine Geschäfte mehr.“

„Morgen beim Abschlussball werde ich eine Show abziehen, da wird aber Gabrielle blöd aus der Wäsche gucken.“

Ashton setzte sich, „was hast du vor?“

Ela sah Ashton ernst an, „ihr Beiden bleibt verschwunden. Ich möchte das Gabrielle glaubt, dass es euch nicht mehr gibt. Den Rest erledigen wir.“

Charls drehte ab und mit einem Umweg nach Miami dauerte es noch einen ganzen Tag. Es war fast Mittag, als die Jacht in den Hafen zurückkehrte. Highway saß mit Gabrielle in einem Café und sah die Jacht.

„Sieh Mal. Da ist Ela“, meinte Highway abwesend.

Gabrielle sah zu dem Anleger, „wo kommen Die denn her?“

Charls machte die Jacht fest, „wir werden beobachtet.“

Gonzo half, „wie gut, dass wir die Jungs in Miami von Bord gebracht haben.“

Christine gab Gonzo die Tasche, „bist du dir sicher? Willst du wirklich Gabrielle den Koks geben?“

„In der Öffentlichkeit wird sie mir nicht den Kopf abreißen.“

Sie nahm die Tasche, grinste und ging langsam auf das Café zu. Gonzo atmete tief durch und stellte sich an den Tisch.

„Na ihr Zwei, Langeweile?“ fragte Ela lächelnd.

Gabrielle nahm Highways Hand, „du störst!“

Gonzo sah Highway an, „hat Mac dir Bescheid gegeben?“

„Ja, Süße. Warst du erfolgreich?“

Gonzo lachte und warf die Tasche auf den Tisch, „ja. Und wie stehst du jetzt zu mir, John?“

Highway sah Gabrielle an, „es hat sich zwischen uns nichts geändert.“

„Gut. Dann bis später“, Gonzo ging grinsend weiter.

Gabrielle sah in die Tasche, „es sind deine Klamotten?"

Highway nahm die Tasche, „ja und ich brauche sie bald."

Gonzo lachte laut auf und ging zum Hotel. In ihrem Zimmer waren schon Einstein, Marty und hatte Alles mitgebracht was gebraucht wurde.

„Wo ist Mac?"

„Er steht hinterm Hotel", sagte Marty.

Gonzo reinigte ihre Waffe, „OK. Wo ist das Koks?"

„Ich bin nicht damit einverstanden dass du dieser Frau das Zeug wieder geben willst", sagte Einstein ernst.

„Werde ich auch nicht, aber ohne dieses Zeug werden wir sie nicht festnehmen können", sagte Gonzo und lächelte, „ruf bitte in zwei Stunden Highway an."

Marty nickte und verschwand aus dem Hotelzimmer.

Einstein nahm sich einen Kaffee, „darf ich dich was fragen?" Gonzo zog ihr T-Shirt aus, „klar!"

„Woher hast du es gewusst, dass die Beiden auf dieser Insel waren?"

Sie stand vor Einstein, „ein Gefühl. Dich würde ich auch wieder finden. Es ist die Freundschaft."

„Ich hätte jede einzelne Insel durchsuchen müssen. Dass kann es nicht sein", schüttelte Einstein den Kopf.

Gonzo nahm ihn an die Hand, „auch du hättest es gekonnt. Nur ihr müsst aufhören nur dass zu sehen, was greifbar ist. Du solltest auf dein Gefühl hören und auf den Bauch."

Einstein zog Gonzo in den Arm, „und der sagt mir gerade ich soll dir einen Kuss geben."

Er tat es, doch Gonzo drückte ihn weg, „immer langsam mit dem jungen Pferden."

Einstein löste die Umarmung und sah zu Boden, „entschuldige."

Gonzo ging ins Bad, „mach die Waffen klar. Ich ziehe mich eben um."

Nach wenigen Minuten war Gonzo zurück und Einstein gab ihr den Waffengurt, „in tadellosem Zustand."

„Ich vertraue dir. Los jetzt."

Beide verließen das Zimmer und gingen zum Fahrstuhl. Plötzlich stand Jetto neben ihnen, „gut dass ich euch noch treffe. Der Boss will den Auftrag abbrechen. Die Brigdes hat noch weitere Männer angefordert, darunter auch Decker."

Gonzo sah Einstein an, „hat er was gesagt?"

Einstein sah Jetto an, „Gonzo bitte. Es ist wirklich viel zu gefährlich."

Der Fahrstuhl war angekommen und Gonzo betrat ihn, „was ist denn nun? Machen wir weiter?"

Jetto und Einstein sahen sich an und folgten Gonzo. Zusammen liefen sie zu ihren Trucks. Marty informierte gerade Highway, als Gonzo mit Mac neben ihm auftauchte, „wir müssen den Plan ändern."

Marty sah Gonzo fragend an und gab ihr das Handy, „hör mir jetzt genau zu. Decker ist auf dem Weg zu deiner neuen Freundin. Ich möchte dich bei mir haben, heute Abend."

„OK, Süße. Hol mich ab."

Gonzo gab das Handy zurück, „ihr fahrt sofort zum Treffpunkt und ich hole Highway. Macht ihr bitte die Kiste klar. Wir werden noch heute Gabrielle hochgehen lassen."

„Du willst wirklich weitermachen?"

„Ja", sagte Gonzo ernst und legte den Gang ein, „informiert bitte Christine und Charls davon. Sie sollen auch noch mehr Männer besorgen."

Jetto nickte und fuhr los. Gonzo trat das Gaspedal durch und fuhr auch aber in eine andere Richtung los. Highway zog sich unterdessen, in Anwesenheit von Gabrielle, um.

Nervös fragte Gabrielle, „was ist denn los?"

Highway grinste, „mein Job ruf und ich muss los. Bin aber heute Abend aber wieder da."

Gabrielle lächelte, „bei der Eröffnungsfeier brauche ich dich auch."

Plötzlich zog Highway seinen Waffengurt aus der Tasche und legte ihn um.

„Was ist denn das?" fragte Gabrielle erstaunt.

„Meine Lebensversicherung. Mein Job ist manchmal gefährlich", antwortete Highway und drehte sich um.

Als er das Büro verlassen hatte griff Gabrielle zum Telefon und rief einen ihrer Männer an, „und habt ihr die Kiste?" Sie hörte nur, „ja, Boss." Christine stand auf, griff sich ihre Handtasche und maulte, „OK! Ich komme ins Lager."

Sie nahm ihre Handtasche und verlies auch das Büro.

Highway stand noch am Straßenrand und sah auf die Uhr, „wo bleibst du denn?"

Gabrielle sah ihn und stellte sich neben ihm, „ich glaubte, du hast es eilig?"

Plötzlich hielt ein Truck an und Highway sah zu Gabrielle, „hab ich auch."

Er öffnete die Beifahrertür und stieg ein. Gonzo fuhr sofort wieder los.

 Gabrielle schüttelte den Kopf.

Highway sah zu Gonzo, „Abbruch?"

„Natürlich nicht. Wir nehmen das Weibsbild heute noch hoch. Bei der Eröffnung."

„Ich glaube wir sollten aufhören", meinte Highway ernst. Gonzo sah auf die Fahrbahn, „eins würde mich doch interessieren. Wieso ist Decker schon wieder auf freiem Fuß? Das FBI hatte ihn doch aus dem Krankenhaus geholt." Highway sah zu ihr, „keine Ahnung, aber der Kerl will dich bestimmt fertig machen und ich finde, wir Beide sollten sofort verschwinden."

„Nein. Ich bin wegen dem Klassentreffen hier und heute Abend will ich, nach der Verhaftung, auch noch etwas Spaß haben. Mac wird uns schon rechtzeitig warnen." Highway schüttelte den Kopf, „du bist und bleibst ein Dickkopf."

„Und den habe ich von dir, Schatz", lächelte Gonzo und sah kurz zu Highway rüber.

Gabrielle fuhr zur gleichen Zeit zum Lagerhaus und sah ihre Männer böse an, „und?"

„Wir haben die Kiste noch nicht geöffnet!"

Gabrielle nahm eine Brechstange und öffnete die Kiste. Sie bekam ein rotes Gesicht, „was ist denn das?"

In der Kiste waren nur Sand und ein Kleeblatt.

„Fahrt sofort zum Atoll und holt die Beiden", befahl sie. Sofort machten sich einige Männer auf den Weg zum Hafen. Gabrielle setzte sich an den Schreibtisch, griff zum Telefon und wählte eine Nummer.

Jetto holte inzwischen die beiden Brüder und brachte sie zum Treffpunkt. Gonzo und ihre vier Freunde warteten schon auf Jetto. Ashton stieg als erstes aus und staunte, „wie siehst du denn aus, Ela?"

Sie reichte ihm die Hand, „wir haben ein Problem und es ist einfach zu gefährlich für euch."

Auch Steven sah erstaunt zu Gonzo, „was bist du wirklich?"

Gonzo sah Highway an, „wir sind US-Marschalls und wollen einen Drogenring sprengen."

Ashton sah Steven an, „die Kiste!"

Gonzo nickte und nahm die Beiden an den Händen, „kommt mal mit, Jungs."

Jetto stellte sich neben Highway, „was machen wir, wenn Decker heute schon auftaucht?"

Highway sah zu Gonzo, „keine Ahnung."

Gonzo setzte sich mit den Brüdern auf einen Baumstamm, „ich möchte euch nicht in Gefahr bringen. Ihr sollten der Eröffnung fernbleiben."

„Würde es dir", Ashton sah zu den Männern, „euch helfen, wenn wir doch dort wären?"

„Ich kann es nicht zulassen", sagte Gonzo ernst.

Highway stellte sich vor Gonzo, „aber es würde helfen."

Gonzo sah Highway entsetzt an, „dass würde aber."

„Wir passen auf, dass den Beiden nicht passiert. Charls und Christine haben sich angeboten."

„Wir machen es", sagte Steven ernst, „es geht schließlich um Drogen und so etwas muss weg."

Damit war Gonzo überstimmt. Wütend und traurig stand Gonzo auf, „warum versteht es denn niemand!"

Jetto hackte sich bei ihr ein, „hör einfach auf alles und Jeden beschützen zu wollen. Den Brüdern wird nichts passieren, Liebling!" Gonzo sah Jetto an, dann zu Highway, „ihr hattet es schon vorbereitet, oder?"

„Nein", sagte Jetto ernst, „die Idee kam uns erst, als der Name Decker fiel."

Beide gingen zu der Gruppe und man besprach das weitere Vorgehen.

Die Männer von Gabrielle fuhren mit der Jacht aus dem Hafen und drehten auf den Kurs. Kurz vor dem Atoll tauchte die Küstenwache auf. Die Jacht von Gabrielle wurde von der Küstenwache aufgebracht und bevor die Männer Gabrielle warnen konnten, festgenommen.

Am frühen Abend füllte sich die Halle im Hotel. Christine ging auf Gabrielle zu, „du hältst die Rede?"

„Was dagegen?" zischte Gabrielle.

Christine lächelte, „dann viel Glück."

Sie ging an ihren Tisch. Charls sah seine Frau an, „und?"

„Sie wird auf der Bühne sein. Ich habe Ela schon informiert."

Gabrielle ging um 20 Uhr auf die Bühne und es wurde ruhig. Plötzlich sah Gabrielle Ashton und Steven bei Christine sitzen. Nervös fingerte sie ihre Rede aus der Tasche. „Ich begrüße Euch alle im Namen der Organisation", sie sah sich suchend um und entdeckte Gonzo nicht, „wir haben uns schon einige Tage gesehen. Ich habe mit Christine eine Tombola organisiert und der Erlös wird der Drogenberatung zukommen, um den armen Menschen zu helfen."

Plötzlich flog die Tür auf und Gonzo kam in voller Montur in die Halle. Gabrielle sah erschrocken zu Gonzo. Highway stand hinter Gonzo, „jetzt bin ich aber gespannt."

Gonzo lächelte und sagte laut, „rede nur weiter."

Die anderen Marschalls tauchten an den Nebentüren auf und sicherten diese Türen. Gabrielle bemerkte es und begann zu schwitzen. Gonzo ging langsam auf Gabrielle zu. Gabrielle sah auf ihren Zettel, „wo war ich? Ach ja. Wir wollen dieser Organisation die Möglichkeit geben den Süchtigen zu helfen. Ich hoffe ihr werdet viele Lose kaufen."

Nach einigen Minuten stand Gonzo auf der Bühne und sah Gabrielle an, „es ist schön, dass du so etwas unterstützt, aber sollten unsere Schulkameraden nicht noch etwas erfahren?"

Das Mikrofon war nicht abgeschaltet und so hörten Alle im Saal, was oben gesprochen wurde. Gabrielle sah Gonzo an, „ich wüsste nicht was!"

„Zum Beispiel, was in der Kiste war."

Gabrielle sah zu Highway, er grinste nur und stand bei den Brüdern, „welche Kiste?"

Gonzo zog einen Brief raus, „hier, für dich."

Gabrielle sah auf den Zettel und wurde blass, „Haftbefehl? Wer bist du überhaupt?"

„US-Marschall, wie mein Partner Highway. Ich verhafte dich wegen Drogenhandel, Schmuggel, Entführung und Ermordung einiger Männer", Gonzo zog Handschellen aus der Jackentasche. Im Saal war es jetzt totenstill. Plötzlich zog Gabrielle einen kleinen Revolver aus der Tasche und zielte auf Gonzo, „du wirst den Saal nicht lebend verlassen", und drückte ab.

Einige der Anwesenden schrien auf. Doch Gonzo blieb stehen und grinste, „auch du kannst mit so einem Ding nicht umgehen."

Gonzo öffnete ihre Weste und Gabrielle sah die schusssichere Weste. Sie gab Gonzo den Revolver und sah in den Raum. Gonzo legte ihr lächelnd die Handschellen an, „deine Männer warten schon.“

Christine stand auf und klatschte. Wenige Sekunden waren alle aufgestanden und klatschten. Jetto und Einstein brachten Gabrielle aus dem Saal. Gonzo setzte sich an den Tisch und sah die Brüder an. „Du bist wirklich sehr gut geworden“, sagte Ashton grinsend, „wenn ich noch an damals denke!“

Steven lächelte, „aus einem Pummelchen ist eine wunderschöne Frau geworden.“

Highway stand hinter Gonzo, legte seine Hände auf die Schultern, „und vergeben!“

„Es wird Zeit, dass ich verschwinde. Es kommt Jemand, den ich nicht unbedingt treffen will“, sagte Gonzo und verabschiedete sich von Allen.

Charls ging noch mit raus, „wir sollten in Verbindung bleiben.“

Gonzo nickte und stieg in Mac ein. Highway gab Charls die Hand, „vielleicht mal unter anderen Umständen!“ Dann stieg er auch ein. Gonzo fuhr los und brachte Highway zu seinem Sportwagen. Alle Marschalls machten sich im Convoy auf. Gonzo sagte über Funk, „ich habe noch ein paar Tage Pause. Klinke mich in einigen Meilen aus.“

Jetto sah zu Einstein, „und wo willst du hin?“

„Werde ich euch auf keinen Fall sagen, Jungs. Ende.“ Plötzlich tauchten in der Gegenrichtung einige Limousinen auf. Gonzo drückte auf die Hupe und grüßte die Fahrzeuge. Decker erkannte die Mannschaft, fluchte, „wir brechen sofort ab. Sie war schon wieder schneller!“

Nach vielen Stunden fuhr der Convoy auf einen Parkplatz. Gonzo stellte Mac an den Rand, stieg aus und streckte sich. Marty stieg aus seinem alten Sportwagen und sah Gonzo lächelnd an. Highway kurbelte die Seitenscheibe runter, „ich habe auch noch ein paar Tage frei. Wo treffen wir uns?“

Ela sah zu ihren Freunden, „Mac wird dir die Koordinaten schicken. Die Kerle sind mir viel zu neugierig.“

Highway knipste mit dem linken Auge, fuhr zu Jettos Truck und stieg aus. Gonzo ging mit den Männern in die Gaststätte und trank noch einen Kaffee mit ihnen. Sie verabschiedete sich und verschwand nach einer Weile. Die Männer unterhielten sich noch sehr lange. Highway stand irgendwann auf und verschwand. Erst als die Marschall wieder los wollten bemerkten sie, dass auch Highway fehlte. Highway hatte sich auf den Weg zu der Blockhütte gemacht, traf dort zwei Tage später mit Rafaela zusammen. Beide sind leidenschaftliche Bergsteiger und nutzten die Stunden aus.